원더풀
라이프

원더풀 라이프

2014년 3월 24일 제1판 제1쇄 인쇄
2014년 3월 31일 제1판 제1쇄 발행

지은이　박성철
펴낸이　강봉구

편집　김희주
마케팅　윤태성
디자인　비단길
표지그림　손미정
인쇄제본　(주)아이엠피

펴낸곳　작은숲출판사
등록번호　제406-2013-000081호
주소　413-120 경기도 파주시 문발로 119(문발동) 306호
전화　070-4067-8560
팩스　0505-499-8560

홈페이지　http://cafe.daum.net/littlef2010
페이스북　http://www.facebook.com/littlef2010
이메일　littlef2010@daum.net

ISBN 978-89-97581-44-3　43810
값은 뒤표지에 있습니다.

원더풀 라이프

글 박성철

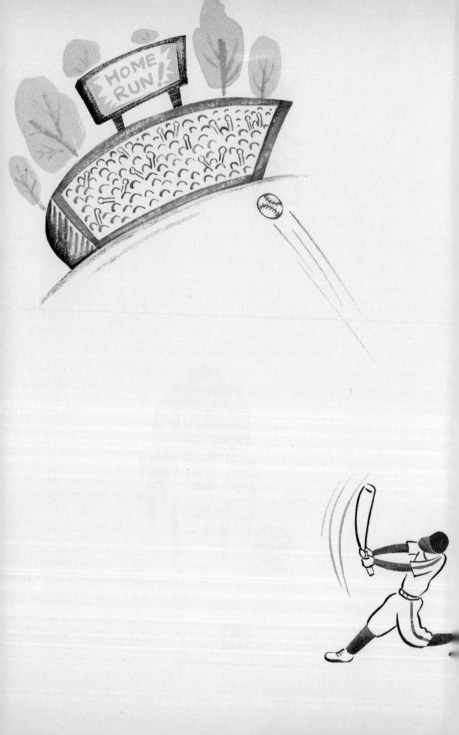

차례

가출 실지

이만 칠천 원이라는 거금을 신발 깔창 밑에 숨긴 채, 나는 가
출을 했다. 가출을 했지만 막상 갈 곳은 마땅치 않았다. 그 많던
친구들은 모두 학교에 갔고, 나와 놀아 줄 사람은 아무도 없었
다. 시간도 있고, 돈도 있는데 함께할 사람이 없다는 것처럼 슬
픈 스토리는 없다. 결국 나는 야구부원들과 가끔 같이 찾았던 2
본 동시 상영관으로 발길을 돌렸다.

그곳에서는 푹푹 찌는 무더운 날씨와는 전혀 어울리지 않는
영화가 상영되고 있었다. 안성기라는 배우가 주연한 〈그해 겨
울은 따뜻했네〉.

겨울도 따뜻하다는데 내 삶은 왜 이 모양인가. 시리고, 춥
고, 외롭고, 쓸쓸하고, 개떡 같고. 내 두 팔을 다 뻗어도 잡히지

않을 천장에 달린 무시무시한 크기의 선풍기에서 나는 더 무시무시한 소리, 머릿속에서 벌 떼들이 윙윙거리는 것같은 그 소리 때문에 영화에 전혀 집중할 수가 없었다. 무슨 내용인지, 무슨 대화를 하고 있는지 하나도 들어오지 않았다.

내가 그 영화에 집중할 수 있었던 유일한 시간은 주인공 남자와 이름도 기억나지 않는 한 여자가 스르르 옷을 벗는 장면뿐이었다. 화면은 남자와 여자의 어깨 위와 무릎 아래의 장면만 선명하게 보여 주었고, 나머지 중요한 부위들은 무슨 안개가 스쳐 지나가듯 흐릿하게 묘사했다. 하지만 그것만으로도 꽃다운 청춘인 나에게는 치명적인 유혹이었다.

복잡한 생각들은 나의 시각적 만족으로 인해 잠시 잊혔다. 당연한 게 아닌가. 색소폰의 '색' 자만 보아도 자동적으로 섹스가 떠오르고, 색종이의 '색' 자만 보아도 섹스와 연관시키는 나이니까.

그 장면이 다 지나자 나의 입에서는 '휴~' 하는 큰 한숨이 새어 나왔다. 집중력. 나의 가공할 만한 집중력이 빛을 발하는 순간이었다. 하지만 이내 다시 돌아가는 팽이처럼 혼돈된 생각들에 사로잡혔다.

'이제 야구부는 발칵 뒤집어졌겠지?'

연습에 안 나갔으니 코치가 집에 전화를 걸었을 것이고, 집에서는 부모님이 내 편지를 읽었을 것이고.

그런 상상을 하고 있자니 갑자기 코끝이 시큰해졌다. 어머니께서 내 편지를 펼쳐 보았을 장면을 상상하니, 내가 국가를 배신한 놈보다 더 큰 죄인이라는 부모를 배신한 놈처럼 느껴졌다. 하지만 가출한 지 3시간도 채 지나지 않았는데 약해져서는 안 되는 일이었다. 나는 강인한 정신력으로 다시 무장했다.

영화를 대충 보고 밖으로 나오니 아직도 한낮이었다. 어둠 속에서 나오는 순간 눈을 비비며 잠시 밝음에 적응해야만 했다. 꼭 교도소에서 막 출소한 사람 같다는 생각이 들었다.

가야 할 때를 알고 가는 이의 삶은 아름답고, 가야 할 곳을 알고 가는 이의 삶은 눈부시다. 고로 내 처지는 아름답지도 눈부시지도 않았다. 영화관을 나오니 가야 할 때도 정해져 있지 않았고, 갈 곳 또한 없었다. 이 자리를 벗어나 어디론가 가야만 한다는 것이 나의 가출 1일 차 스토리였다.

문득 떠오른 것은 바다였다. 고독에 휩싸였을 때, 연인과 함께 분위기 있는 데이트를 할 때, 무언가 큰일을 도모할 때 등등 여러 가지 이유로 사람들은 바다를 찾는다. 하지만 내가 바다를 찾기로 결심한 까닭은 바다가 가출이라는 상황에 맞는 장소인 것 같이 느껴졌기 때문이다.

나는 해운대로 향했다. 해운대까지는 버스로 약 50분쯤 걸리는 제법 먼 거리였지만 대한민국이 자랑하는 최고의 해수욕장이기에 그곳으로 가기로 결정했다.

서울 깍쟁이들은 인천 월미도 앞바다만 가도 미친다고 한다. 그래서 버스로 2시간 가까이 걸린다는 월미도에 가는 데 기꺼이 즐거운 마음으로 돈과 시간을 투자한다는 이야기를 들은 적이 있다. 그에 비하면 50분쯤이 뭐 대수겠는가. 게다가 나는 시간을 때워야만 하는 가출 학생 신세가 아닌가.

버스를 타니 사람들은 모두 평온한 일상을 즐기고 있는 듯 보였다.

'다른 사람도 아닌 내가 가출을 했는데 세상이 이렇게 정상적으로 돌아갈 수 있는 거야?'

어쩌면 감독과 야구부원들은 내가 가출한 것에 대해 아무런 생각이 없을지도 모른다는 강력한 '필'이 몰려왔다. 괜히 억울했다. 억울함은 이내 초라함으로 바뀌었다. 도대체 나란 놈은 뭔가, 내가 그렇게 보잘것없는 존재인가 하는.

한낮을 달리는 버스는 신호등을 지날 때마다 어김없이 초록

원더풀라이프

불로 바뀌는 거침없는 신홋발을 받으며 30여 분 만에 해운대에 도착했다. 여름이면 반바지에 얄궂은 흰 티를 입고 깔깔대며 노는 중딩 여학생들도 없었고, 티셔츠를 리본 모양으로 옆구리 쪽으로 묶어 배꼽을 드러내는 얄궂은 패션 감각을 발휘하는 고딩 여학생들도 없었다.

그곳엔 쭈쭈바 통을 어깨에 메고 어슬렁 돌아다니는 아저씨와 챙이 자기 머리통의 세 배쯤은 되어 보이는 큰 캡모자를 쓴, 파라솔을 대여하는 아줌마들뿐이었다. 나만큼이나 무료한 모습들이었다. 그들은 '곧 여름 방학이 되면 이 지루한 일상도 종지부를 찍겠지.'라는 표정들이었다. 모래사장에서 이런저런 생각을 하던 나는 백사장 앞 슈퍼에서 새우깡 한 봉지를 샀다. 봉지를 뜯고 새우깡 하나를 먹었다.

"아삭."

이 좋은 걸 나 혼자 먹을 수 있나. 백사장 뒤편의 아스팔트에서 피서객이 남겨 둔 떡고물을 주워 먹고 있던 비둘기들에게 다가갔다. 오른손으로 새우깡 한 움큼을 집어서 사방에 휙 뿌렸다. 비둘기들은 날개를 파닥대며 미친 듯이 몰려들었다. 내가 던진 새우깡을 먹어 대는 비둘기들을 보니 기분이 한결 나아졌다.

그 사이 강렬하던 태양빛은 힘을 잃어 갔고, 아스팔트에 남겨진 복사열도 서서히 식어 갔다. 신발 깔창에 남아 있는 이만 원을 기억하며 호주머니에 남아 있는 돈을 꺼내 보았다. 남은 돈은 칠백 원. 그제야 가출 학생 신분으로서는 하루 동안 너무 큰 소비를 했다는 사실을 깨달았다.

백사장에서 시간을 때우고 있다 보니 초여름 저녁 바닷바람은 만만치 않게 차다는 사실도 깨닫게 되었다. 인근 여관에서 잔다는 것은 사치 같았고, 그렇다고 길거리에서 밤을 지새운다는 것은 자존심에 상처 나는 일이었다. 어쨌든 이 가출 생활을 하루라도 더 지속하려면 남은 돈을 아껴야 한다는 것이 나에게 주어진 당면 과제였다.

야구부원들과 가끔 찾았던 24시 만화방에 가기로 결정했다. 삼천 원만 내면 만화를 무제한 볼 수 있고, 소파에서 잠을 자도 되는 24시 만화방. 게다가 오백 원으로 컵라면까지 사 먹을 수 있으니 수면과 끼니 그리고 재미가 동시에 해결되는 곳이었다. 자신이 처한 현실과 자신이 가지고 있는 돈으로 가장 편안한 밤을 맞이할 수 있는 곳을 선택하는 경제 관념을 지닌 나를 스스로 칭찬하며 버스를 타고 24시 만화방으로 향했다.

그곳을 들어서는 순간 담배 냄새와 컵라면 냄새, 발 냄새와 남자들 특유의 쾌쾌한 냄새가 짬뽕이 되어 밀려와 머리가 띵했다. 40권짜리 시리즈 무협 만화 한 질을 뽑아 재떨이가 놓여 있는 탁자 위에 놓았다. 언제 내가 책을 이렇게 쌓아 둔 적이 있었던가. 잠시 뿌듯해졌다.

모든 것은 시간이 지나면 몸에 잘 맞는 옷처럼 익숙해지는 법. 나는 내가 가진 언어력으로는 구사하기 힘든 냄새들을 잊은 채 만화에 빠져들었다.

"준범아!"

여자의 목소리였다. 그것도 어디에선가 많이 들어 본 40대 여성의 목소리였다. 고개를 드니 어머니가 내 앞에 떡하니 서 있었다. 어머니의 표정은 분노와 안도가 교차하는 묘한 것이었고, 나의 표정은 황당함의 극치를 달리는 것이었다.

이순신이 장군이 "나의 죽음을 적에게 알리지 마라!"고 외치듯이 나는 친구들에게 "나의 행선지를 어머니에게 알리지 마라!"고 신신당부했었다. 하지만 영웅 뒤에는 꼭 역적이 있는 것처럼 내 뒤에도 꼭 고자질쟁이 친구들이 있었다. 적어도 일주일간은 견딜 수 있을 것이라던 나의 오만방자함은 그렇게 무참히 깨져 버렸다.

나의 가출은 단 하루 만에 이렇게 초라한 마침표를 찍었다. 버틸 대로 버티다가 돈도 떨어지고, 의욕도 떨어지고, 거기다 할 일마저 떨어져 버리면 그때는 마지못해 얼굴을 넌지시 내밀 것이라고 예상은 했지만 그 순간이 이렇게 빨리 오리라고는 상상조차 못 했다.

그런데 이상했다. 빨리 잡혀 온 것이 다행스럽게 느껴지기도 했다. 어머니는 가출에서 돌아온, 아니 정확하게 말하면 잡혀 온 나에게 물었다.

"준범아, 진짜로 야구 그만둘 거가?"

"네."

어머니는 나의 짧은 대답에 긴 한숨을 내쉬었다.

"와? 와그라노. 머시 문제고?"

"아무 문제 없습니더. 야구 해 가지고 내 실력으로는 프로 야구단에 입단도 못 할끼고, 대학도 가기 안 힘들겠습니꺼. 그래서 그만둘라면 일찍 그만두는 기 좋을 것 가타서예."

어머니의 눈동자를 보았다. 내가 무슨 말이라도 한 마디만 더 하면 눈물을 흘리실 것만 같았다.

"니, 야구 안 하면 뭐 할 낀데?"

"공부하지예, 뭐."

"공부는 아무나 하는 줄 아나?"

"어머이는. 내가 아무나입니꺼?"

"니, 고등학교나 제대로 졸업하겠나? 생각해 봐라. 니가 중학교, 고등학교를 거치면서 공부를 한 적이 있나? 공부를 어째 따라갈 끼고?"

어머니께 버럭 화를 내었다.

"그라면 야구하면 뾰족한 수가 있습니꺼? 내가 키가 큽니꺼? 아니면 우리 집이 부잡니꺼? 어머이, 아버지는 다른 부모님들처럼 대학에 한 삼천만 원 정도 기부금 내 줄 형편도 안 된다 아입니꺼!"

그 말 한 마디는 방 안의 공기를 급속도로 냉각시켰고, 이내 대화는 단절되었다. 어머니 가슴에 나는 못을 또 하나 박고 말았다.

사람들은 하지 말아야 할 말을 내뱉고 나서 이내 '내가 왜 그말을 했을까?' 하고 후회하곤 한다. 아무리 생각해 봐도 이건 아니었다.

어머니는 그날 이후 한동안 나에게 말을 하지 않으셨다. 나는 다음 날도, 그 다음 날도 학교에 가지 않았다. 당연히 야구부 훈련에도 참가하지 않았다. 학교를 가는 순간 감독의 거침없는 몽둥이질을 당하게 될 것이 뻔했기 때문이다. 그 몽둥이질은 나의 입에서 마음에도 없는 이런 말을 쏟아 내게 하고 말 것이다.

"죄송합니더. 인자부터는 도망 안 가고 열심히 하겠습니더."

나에겐 안중근이나 윤봉길처럼 일제의 억압에도 굴하지 않고 자신의 소신을 지켜 낼 용기가 없었다.

왕년에 말이야

야구를 그만두는 최대 위기에 봉착한 내 인생. 지금은 생명이 다한 불꽃놀이의 불꽃처럼 사라져 버린 나의 야구 인생. 물론 내 야구 인생에도 하이라이트가 없었던 것은 아니다.

"내가 왕년에는 말이야……."

모든 사람들이 꼭 한 번씩은 하는 말이다. 왕년에 한 번쯤 잘나가 보지 않은 사람 없고, 왕년에 한 번 반짝해 보지 않은 사람 없다. 내 야구 인생 또한 한때는 잘나갔었다. 패잔병 속의 군계일학. 용 꼬리보다는 뱀 대가리. 이것이 나의 중학교 야구 인생을 대변해 주는 말들이었다.

중학교 때는 3번 타자에다 주장이었다. 야구 명문 학교와는 거리가 영 동떨어진 그럭저럭의 변두리 중학교였지만 말이다. 하지만 나는 불 같은 방망이를 휘두르며 주목을 받았었다.

못하는 팀에서 그나마 잘하는 한 명의 선수, 그것이 나였던 것이다. 중학교 통산 타율이 4할을 넘어서는 선수는 우리 팀에서 유일하게 나밖에 없었다. "무려 4할?"이라고 할 필요는 없다. 중학교 선수들에게 타율 4할이란 프로 야구로 치면 3할 정도에 해당하는 것이기 때문이다.

나의 포지션은 포수였다. 하지만 급한 상황이 오면 마운드에 올라 투수로 변신했다. 투수라고 해 봐야 단 한 명뿐이어서 그 투수가 난조를 보이면 대안은 나밖에 없었던 것이다. 마운드와 포수를 오가며 4할의 타율을 유지했고, 거기다 주장이었으니 최고의 엘리트 코스를 거쳐 온 것이라 해도 과언이 아니었다.

거기다가 나는 한 가지 프리미엄이 더 있었다. 중학교 졸업식 때 단상에 올라가 학교를 빛낸 인물로 인정받아 교장 선생님으로부터 '공로상'을 대표로 받았다는 점이다.

대동아상고로 진학할 때도 나는 스카우트되어 온 몸이었다. 상업 고등학교의 전성기였던 1970년대만큼은 아니었지만 부자가 망해도 3대는 간다고, 야구 명문 학교로 깃발을 날리는 학교였다. 나는 변두리 중학교에서 유일하게 동아상고로 진학한 선수였다. 그만큼 자부심을 느끼고 있었다.

13명의 신입생 중에 명문 동아중학교 출신이 6명, 부산중학교 출신이 6명 그리고 이도 저도 아닌 변두리 중학교 출신은 나한 명뿐이었다. 물론 우리 선배들과 동문 선배들은 전원이 동아중학교, 부산중학교 출신이었다. 그래서 서로의 후배들을 키워주려는 음모들이 늘 현재 진행형으로 펼쳐지고 있었다.

170cm의 건장한 체구를 자랑하던 나는 13명의 신입생 중에서 세 번째로 키가 컸다. 중학교 3학년 겨울 방학이 되기 전부터 우리는 동아상고에 모여서 함께 연습을 시작했다. 나는 살아남기 위한 방법을 선택해야만 했다.

'동아중학교 6명, 부산중학교 6명, 달랑 나 하나.'

그곳에서 기죽지 않기 위해서는 기선 제압이 필요했다. 그것은 나 자신을 대범한 놈처럼 뻥튀기하는 것이었다.

"어이, 너그들 영파크 나이트 가 봤나? 이 새끼들 그런데도 안 가 봤나? 완전이 샌님들이네."

'자식들 이제 기 좀 죽었을 것이다.'라고 생각하는 순간 예상치 않은 허를 찔려 버렸다. 그곳은 소위 좀 논다는 고등학교 2, 3학년들이나 대학생들이 주로 다니는 곳이어서 중학교 3학년이나 고등학교 1학년들이 입장하기는 어려운 나이트였다.

"와, 가 봤다. 우짤래, 씨불놈아."

동아중학교의 인상 더럽고, 좀 늙어 보이게 생긴 놈이 이렇게 이야기하는 것이었다. 하지만 물러설 수는 없는 노릇.

"그, 그래. 니 좀 놀았는가베? 그라모 친하게 지내자."

손을 내밀고 악수를 청했다. 그놈도 마지못해 손을 내밀었다. 앞으로의 고등학교 야구 인생이 순탄치 않으리라는 것을 예감하는 순간이었다.

3월이 되어 입학을 하고 동아상업고등학교의 야구부 일원이 된 나. 그런데 어떻게 된 노릇인지 나에게는 도무지 기회가 주어지지 않았다.

1학년이라 주전 출전은 아예 꿈도 꾸지 않았다. 그런데 중학 시절 불방망이를 휘두르던 나에게 대타 기회도 한 번 오지 않는 것이었다. 아무리 기다려도 감독의 입에서 준범이라는 내 이름이 한 번도 불리지 않았다.

"영범이! 다음 회부터 나깔 꺼니까 준비해래이."

"이청원이! 대타 나가거라."

나의 귀에는 이 말들이 이렇게 들려오기 시작했다.

"동아중학교 출신 대타 준비해라."

"어이! 부산중학교 출신 니도 대타 준비해라."

역시 학연 지연이 한국 사회를 병들게 하는 병폐였다. 변두리 중학교 출신인 나는 야구부 운영에 막대한 영향력을 가지고 있는 동문회 선배들에게는 소외된 존재였던 것이다. 물론 솔직하게 고백하자면 그것이 다는 아닐 것이다.

다른 선수들보다 아주 월등한 타격 실력과 수비 실력을 가지고 있었다면 문제는 달랐을 것이다. 하지만 나의 실력은 나와 경쟁하는 다른 친구들과 도토리 키재기 정도였을 뿐이다.

"에이 씨발."

나의 입에서는 불평이 맴돌기 시작했다. 야구부 안에서 나라는 존재가 자꾸만 작아져 가는 것을 느꼈다. 아니 존재감뿐 아니라 실제로 키도 작아지고 있었다. 170cm였던 나의 키는 성장을 멈추어 버렸다. 반면에 쥐방울만 하던 친구들은 콩나물을 많이 먹었는지, 우유를 많이 먹었는지 쑥쑥 자라났다.

결국 앞에서 세 번째였던 나의 키는 6월이 되어서는 뒤에서 세 번째가 되어 버렸다. '작은 고추가 맵다.'라는 속담은 그저 속담일 뿐이다. 야구계에서 키가 작고, 덩치가 작다는 것은 야구 선수로서의 성공 가능성이 1%라는 것과 같다.

키도 크지 않고, 실력도 없는 이중고에 시달리던 나. '프로
야구 선수가 될 거야.'라는 당찬 희망은 '이러다 내가 야구 특기
자로 대학이나 갈 수 있을까?'라는 막연한 불안으로 바뀌었다.

야구에 건 내 인생. 그것이 폭풍우 앞에 놓인 촛불처럼 불안
해졌다. 야구를 계속하기에는 미래가 암울했다. 그렇다고 집이
부자인 것도 아니었다. 대부분의 예체능이 돈이 많이 들듯이 야
구도 돈이 많이 드는 운동이다. 야구부는 매달 회비를 냈다. 야
구 감독의 월급과 코치의 월급은 학교에서 주는 것이 아니었다.
야구부원들의 부모님이 낸 회비에서 월급이 나가는 것이었다.
거기다 합숙비, 비싼 야구 글러브와 장비 구입 등, 이 모든 것이
개인이 부담해야 하는 돈이었다. 대학에 갈 때도 실력이 없으면
기부금을 내고 대학에 가야 했다.

"니 아나? 상준이 선배 경상대학교에 화장실 다섯 개 지어
주었다 카데."

"임마. 그거는 약과다. 경수 선배는 부영대학교에 건물 하나
세워 줬다 카더라."

고백컨대 우리 집은 그럴 돈이 없었다. 학연도, 실력도, 돈
도 없는 완벽함. 그래서 고민 끝에 결정을 내린 것이었다. 야
구를 그만두기로. 그리고 그 첫 번째 실행 미션이 가출이었다.

40여 일에 달하는 여름 방학을 어떻게 보냈는지 기억이 없다. 단지 야구부도 아닌, 공부를 하는 학생도 아닌 어정쩡한 상태로 그 시간을 보냈다. 아니 시간을 때웠다는 것이 더 정확한 표현일 게다.

내가 그 40여 일 동안 한 일이 있다면 그것은 야구를 그만두고 공부를 하겠다는 확실한 결정을 한 것뿐이었다. 어떻게 해서든 고등학교를 졸업하겠다는 것을 인생의 목표로 삼았다.

앞서 간 이들의 행적을 통해서 우리 삶의 나아갈 길을 알아보기 위해 우리는 역사를 배우지 않는가. 야구부 탈퇴 선배들의 역사를 되짚어 보았다. 야구를 그만둔 후, 선배들은 참 다양한 분야로 진출했다. 누구는 통닭집 배달통을 들었고, 누구는 공사판 노가다가 되었고, 누구는 조폭의 꼬붕이 되기도 했다. 물론 직업에 귀천은 없다.

하지만 그들에게도 공통점이 있었으니, 야구부 탈퇴 선배들의 십중팔구는 고등학교 중퇴라는 2관왕을 차지하였다는 것이다. 즉 빛나는 졸업장을 타시지 못한 것이다. 방학 내내 나는 빛나는 고등학교 졸업장을 떠올렸다.

세상을 헤쳐 나갈 무대포 정신은 있었지만 '저 사람은 고등학교도 못 나왔어.'라는 따가운 사회적 시선을 이겨 낼 용기는 없었다. 선택을 해야 했다. 선택의 문제는 나를 괴롭혔다. 어디 그게 나뿐이겠는가.

선택은 왜 이렇게 지랄맞은 건지 모르겠다. 선택의 문제는 언제나 51:49의 비율로 우리를 괴롭힌다. 98:2나 하다못해 70:30의 비율 정도만 되어도 괜찮을 텐데…… 그렇게만 된다면 누구나 인생에서 멋진 결정을 내릴 텐데 말이다.

최소한 고등학교 졸업장은 따야 했다. 검정고시를 친다는 것은 상상할 수도 없었다. 나는 이미 야구부라는 내 인생의 주류 세계에서 벗어나 비주류가 된 상태였다. 그런데 학교마저 자퇴하고 비주류 세계인 검정고시의 세계로 뛰어들기엔 나의 용기가 좁쌀만 했다.

아니, 스스로에 대한 믿음이 좁쌀만 했다는 것이 정확한 표현일 게다. 나에게 길은 하나밖에 없었다. 무사히 고등학교를 졸업하는 것. 미약하지만 창대한 고졸이라는 미래를 위해 공부에 한 몸을 투신하기로 결정했다.

나는 40여 일 동안 내 인생 마흔을 떠올려 보곤 했다. 이러다 나이 마흔에 내 인생을 돌아봤을 때, '난 내 인생에 만족해!'라는 감탄이 아니라 '우물쭈물하다가 내 이럴 줄 알았어.'라는 한숨이 되는 것이 아닐까 불안했다. 하지만 고등학교 졸업장을 받는 나를 상상하며 그 불안감을 떨쳐 버리곤 했다.

　40여 일 동안은 내 인생의 빙하기였지만 또 그 시간은 내 살을 도려내는 내 인생 가장 중요한 결단의 순간이기도 했다. 내 인생의 허리케인은 왜 이렇게 혹독한지.

직략반스로

하늘은 높고, 푸르고, 햇살까지 내리쬐는 죽이는 날씨의 5
월 15일이었다. 여느 학교처럼 우리 학교에서도 스승의 날 기
념행사로 체육 대회가 열렸다. 학교 행사로 체육 대회를 하느
라 고맙게도 운동장 사용권을 빼앗긴 우리 야구부원들은 스탠
드에 앉아 있었다.

우리들은 질서 정연하게 5명씩 줄을 맞추어 앉아 있었다.
그리고 우리들 전체는 질서 정연하게 전부 이런 생각들을 하
고 있었다.

'씨발! 제발 좀 오래 해라.'

체육 대회가 길어질수록 우리 입에서 단내 나는 혹독한 훈련
도 줄어드는 법이기에. 학생들에게는 지옥이고, 야구부원들에

게는 천국인 교장 선생님의 오랜 훈화가 이어진 후 잡다한 행사들이 열렸다.

선생님과 제자가 한 발씩 묶고 몽둥이 하나로 테니스공을 몰고 반환점을 돌아오는 것 같은 별 재미도 없고, 별 의미도 없어 보이는 경기들이 하나씩 진행되었다.

경기는 막바지를 향해 갔다. 운동회 때 최고 하이라이트는 마지막에 하는 릴레이가 아닌가! 그 법칙을 어기지 않고 사제달리기라는 이름의 선생님과 학생들의 릴레이 경주로 체육 대회가 마무리를 앞두고 있었다.

야구부 옆에서 변 사또를 보좌하는 이방처럼 깝죽대며 설명을 하는 아이의 말을 듣자 하니 이 경기는 지극히 잘못된 법칙의 경기였다. 선생님 대표로는 30명이나 되는 선생님 중에서 가장 잘 달리는 5명의 선생님을 뽑았다고 했다. 그런데 학생 대표로는 가장 잘 달리는 아이를 뽑은 것이 아니라 반장들 중에서 뽑았다고 했다.

"그런 게 어디 있어?"

야구부원 중 누군가 이야기했지만 억울하면 공부를 잘하던가, 인기가 높던가 해서 반장이 되는 수밖에 더 있겠는가. 하지만 나이를 속일 수는 없는 법. 경기가 시작되자마자 한 살이라도 젊은 학생 대표들이 앞으로 치고 나가기 시작했다. 엄밀히 따지면 열 살에서 스무 살 이상까지 차이가 났기에 거리도 그만큼 차이가 나기 시작했다.

릴레이 선수들의 여유로운 표정과 선생님들의 죽을 둥 살 둥 뛰는 모습은 묘하게 대비가 되었다. 마지막 학생 대표 주자의 표정도 그러했다. 설렁탕 먹은 놈처럼 설렁설렁 뛰기 시작하던 그 아이의 뒤태는 얼마 지나지 않아 갑자기 꼬리에 불붙은 고양이처럼 호들갑스러워졌다.

총알 탄 사나이가 나타났기 때문이다. 안경 낀 40대 선생님한테 배턴을 받은 말라깽이 선생 하나가 무서운 속도로 달려 나가기 시작했다. 팔짱을 끼고 본부석 간이 의자에 앉아 있던 대부분의 선생님들이 일어나서 환호성을 지르기 시작했다.

학생 대표인 마지막 주자는 결국 어이없이 양호실에서 가지고 나온 압박 붕대를 늘어뜨려 만든 결승점 터치를 말라깽이 선생에게 내주고 말았다. 나는 입이 떡 벌어졌고, 다른 친구들 또한 그랬다.

"저 새끼 뭐고? 뭔데 저래 잘 뛰노? 선배님, 절마 체육 샘입니꺼?"

선생에게는 새끼나 절마라고 하고, 선배에게는 선배님이라고 하는 것은 모든 고등학교의 예의범절이다. 야구부원들 중 누구도 나를 버릇없는 놈이라고 쳐다보지는 않았다. 동아상고에 입학한 지 두 달 하고 13일이 지났을 뿐이고, 그중 수업에 들어간 일은 단 두 번에 불과한 나로서는 그 선생이 누군지 알 리 만무했다. 나의 물음에 선배는 정면으로 시선을 고정시키고 단호하게 고개를 저었다.

"아니, 국어 샘."

건들건들거리며 걷는 폼이 여기가 운동장이 아니라 놀이터였으면 영락없는 깡패 폼인데 국어 선생이라니.

"저 샘 이름이 뭔데예?"

"임마, 절마 박정상이 아이가. 씨불 놈. 니는 우리 학교 다니면서 미친개도 모르나?"

알 턱이 있나? 수업을 들어가 봤어야지 알지! 무식한 놈…… 아니 선배. 야도 아니고 임마가 뭐란 말인가! 야 대신에 임마라고 해야 한 수 먹고 들어가는 줄 아는 건지……. 그리고 아무리 그렇지만 선생보고 미친개라 부르는 건 좀 그렇지 않은가!

"어떤 아들은 미친개라고 안 하고 비정상이라고도 한다."

비정상? 그거 좋네. 박정상이 아닌 비정상. 우리는 경기가 끝난 것을 고통의 시작으로 여기며 엉거주춤 자리에서 일어나기 시작했다. 선배는 "휴~." 하고 한숨을 내쉬면서 나에게 한 마디 덧붙였다.

"조심해라. 절마한테 걸리면 죽는다."

이것이 비정상을 처음으로 본 스토리다.

여름 방학이 끝난 후 교실로 찾아갔다. 그냥 갔다가 아니라 찾아갔다고 하는 것에는 이유가 있다. 6반인지, 8반인지도 헷 갈렸을 뿐 아니라 교실이 어디인지도 헷갈렸기 때문이었다. 1 학년 1학기가 지나는 동안 교실에 가 본 횟수는 단 두 차례에 불과했다.

낯선 느낌, 낯선 장소 그리고 낯선 내 모습. 교실에 들어섰 지만 안절부절못하고 있었다. 언제 찾아올지 모를 야구부 감독 의 호출 때문이었다.

잠시 후 내가 절대 기다리지 않던 소식이 날아들었다. 담임 선 생님이 조례도 하기 전에 야구부 동기가 교실로 찾아온 것이다.

"야, 준범아! 감독님이 니 야구부실로 오란다."

자식, 한 달 만에 본 친구에게 잘 지냈느냐는 안부조차 묻지 않는 저 야박함. 정강이라도 한번 걷어차 주고 싶었지만 참았 다. 하기야 앞으로 참아야 할 일들이 얼마나 많겠느냐 하는 심정으로 그냥 야구부실로 향했다.

야구부실 문을 노크했다.

"누꼬? 들어와."

야구부실로 들어가자 안 감독이 일어섰다. 천천히 아주 천천히.

안 감독은 지상에서 있을 수 있는 가장 험악한 표정을 지으며 걸걸한 목소리로 물었다.

"야. 강준범이. 니 야구 할 끼가, 안 할 끼가?"

입술을 깨물며 대답했다.

"야구 그만둘 껍니더."

"그래? 엎드리라."

퍽. 퍽. 퍽. 퍽. 퍽. 알루미늄 야구 배트와 엉덩이의 부적절한 하모니가 울려 퍼졌다. 다섯 대를 맞고 난 후 일어섰다. 안 감독의 목소리는 때리기 전보다 두 옥타브 정도는 올라가 있었다.

"야구 할 끼가, 안 할 끼가?"

"안 할 껍니더."

"그래? 이 새끼 봐라. 니 내일 이 시간에 또 와."

다음 날 나는 가지 않았다. 생각해 보라. '날 잡수시오.' 하고 호랑이 굴에 제 발로 걸어 들어가는 사람이 어디 있겠는가. 하지만 야구부 동기 놈은 어김없이 또 찾아왔고, 다시 야구부실로 걸어 들어갔다.

"어이! 강준범이 어제 다시 잘 생각해 봤나? 니 야구 할 끼가, 안 할 끼가?"

"야구 안 할 낍니더."

"그래? 엎드리라."

또 맞았다. 아픔보다는 화가 났다. 야구를 그만두면 야구부도 아닌데 왜 자기가 나를 때리는 것인지. 벌떡 일어나 반항하고 싶었다. 하지만 몸이 마음대로 움직이질 않았다. 감독에게 반항하는 시늉만으로도 거의 반죽음이 다 되도록 맞았던 선배들의 모습이 떠올랐기 때문이다.

나는 정확하게 5일간 불려 갔다. 5일간 맞고 난 이후에 안 감독은 더 이상 나를 부르지 않았다. 공식적이고 완전하게 야구부를 탈퇴하게 된 것이다.

야구부를 그만두면서 한 가지 기억에 남는 사실은 5일간 그렇게 몽둥이질을 하면서도 안 감독은 내가 야구를 그만두는 이유를 묻지 않았다는 사실이었다. '왜?'라는 질문이 그토록 어려웠던 것일까?

다음 날 야구부 부감독 선생님이 나를 불렀다. 체육 선생님인 부감독은 평소에 나를 귀여워해 주었다. 파이팅 넘치는 목소리가 마음에 들었다나 어쨌다나. 야구를 파이팅으로 하는 것은 아니지 않은가. 야구를 파이팅으로 했으면 벌써 청소년 대표쯤은 되어 있었을 것이지만 나의 현재 상황은 야구부 탈퇴에 불과하다.

"준범아! 니 진짜 야구 그만둘 꺼가?"

그러면 방학 때 야구부 훈련 빠지고 소풍이라도 갔다 온 걸로 착각하는 건지 하는 생각이 들었다.

"네. 야구 그만두고 공부할 낍니더."

"그래. 공부 열심히 해라. 고등학교는 졸업해야 안 되것나."

고등학교는 졸업해야 하지 않겠냐고? 그러면 내가 다른 야구부 탈퇴 선배들처럼 고등학교도 때려치울 그런 존재로밖에 보이지 않았단 말인가. 부릉부릉. 기대도 하지 않았던 불뚝 오기가 발동했다. 불타는 의지는 없었지만 근엄한 표정을 지으며 말했다.

"부감독 샘예. 저 진학반으로 보내 주시먼 안 됩니꺼? 저도 공부해 가지고 대학 갈랍니더."

부감독 선생님은 탤런트처럼 다소 과장된 표정을 지으며 되물었다.

"머라꼬. 상과반에서 진학반으로 옮긴다꼬?"

"예. 샘예. 진학반에서 공부하고 싶습니더."

"진학반이라, 음. 니 그 가서 공부 따라 할 수 있겠나."

"네. 따라 할 수 있습니더."

부감독 선생님은 고민을 하더니 결론을 내렸다.

"그라면 진학반 박정상 선생님한테 내가 부탁 함 해 보께. 그 샘이 안 된다면 할 수 없다. 허락해 주면 옮기도록 해 주께."

"네, 감사합니더."

걸상을 뒤로 밀며 일어났다. 부감독 선생님도 일어나며 나에게 악수를 청했다.

"준범아, 니 열심히 해래이. 다른 선배들처럼 그런 전철은 밟지 마래이. 내는 니 믿는대이."

믿는다고? 누군가 나를 믿는다는 말을 들어 본 적이 언제였던가. 함께했던 야구부 감독, 야구부원보다 함께한 시간이 훨씬 적었던 부감독 선생님에게서 그런 말을 듣다니. 사람은 함께 보낸 시간만큼 정이 생긴다는 말도 다 헛된 말처럼 느껴졌다.

"아 참. 그리고 준범아. 일단 내가 학교에 손을 써 가지고 육성회비하고 공납금은 안 내도 되는 방향으로 해 보께."

고마웠다. 야구부원은 일반 학생들이 학교에 내는 육성회비와 공납금이 면제되는 법이다. 그러나 야구부를 그만두는 순간 일반 학생이 되기 때문에 육성회비와 공납금을 납부해야 하는 갑갑한 의무를 지게 되는 것이다. 그것을 야구부원인 것으로 해서 당분간 면제시켜 주겠다는 배려에 고개를 숙이며 나의 상황에서 할 수 있는 최대한 감사의 표시를 했다.

　"네. 열씨미 하겠심니더."

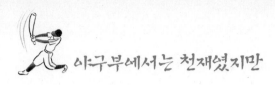

"니는, 야구부 와 그만뒀노?"

비정상은 야구부를 그만두고 교실로 돌아오게 된 이유를 물었다. 그것도 상과반이나 무역반이 아닌 진학반으로 오게 된 사연을.

사실 상과반이든 진학반이든 공부 못하기로는 어금버금이었다. 백중지세, 난형난제, 막상막하, 게나 고동이나 였기에 별다를 것이 없었지만 나는 야구부에서 완전히 몸을 씻어 내고 싶었다. 물론 대학에 간다면 더없이 좋겠지만 그럴 가능성은 거의 희박하다는 사실을 알고 있었기에 꼭 대학에 가야 한다는 목적으로 진학반으로 옮겨 온 것은 아니었다. 상과반이나 무역반에는 각 반에 야구부원들이 있었기 때문에 아는 사람이 없는 진학반으로 도피하고 싶었던 것이다.

"임마, 야구부 와 그만뒀는가 묻는다 아이가."

빡빡 깎은 나의 머리와 선생님의 솥뚜껑 같은 손이 완벽한 조화를 이루며 맑고 고운 소리를 냈다.

"딱!"

황당했다. 전혀 예측하지 못한 무방비 상태의 가격이었다. 나의 입에서는 얼떨리우스 같은 더 황당한 대답이 나왔다.

"대학 갈라꼬예. 진학반은 대학 가는 데 아입니꺼."

비정상의 미간이 찌푸려졌다. '무슨 이런 심한 헛소리를 하는 거야?' 하는 표정이었다. 그런 표정을 보니 나의 반항심이 발동했다.

"진짭니더."

또다시 "딱!"

"누가 가짜라 카더나? 임마, 이기 어데 눈을 부릅떠노?"

나의 오버였다. 비정상은 어시장에서 정어리 고르듯 아래위로 나를 살펴보았다.

"그래, 그러면 우리 진학반에서 열심히 공부하거라."

의외였다. 그런 대답이 순순히 나올 줄은 예상하지 못했다. 하기야 진학반이라고 해서 그 위상이 대단한 것도 아닌데 뭐 별

수 있겠는가. 지난 4년 동안 4년제 대학은 겨우 4명을 입학시켰고, 지난 2년 동안 2년제 전문대학에는 12명 정도만을 입학시켰던 동아상고 진학반.

상과반이나 무역반의 낮은 취업률과 진학반의 낮은 진학률은 거의 평행선을 달리고 있었다. 그러니 내가 진학반으로 간다고 해서 진학률이 폭락해 버리는 일 따위는 없지 않겠는가. 거창한 신고식도, 통과 의례도 없이 '나는 대학 갈라꼬예'와 '눈 부릅뜨기'로 진학반에 무혈 입성하였다.

진학반에 들어가는 일. 그것은 나에게는 무척 의미 있는 일이었지만, 다른 아이들에게는 그저 그런 일이었다.

처음 진학반 교실에 들어갔을 때 나를 알아보는 아이는 아무도 없었다. 빡빡머리에 여드름 숭숭인 놈 하나가 우리 반으로 옮겨 오는구나, 딱 그 정도인 것 같았다. 비정상은 아이들 앞에서 나를 소개했다.

"준범아, 인사하거라. 너그들 준범이 하고 사이좋게 지내라. 야구 그만두고 인자 너그들하고 같이 공부할 끼다."

심드렁한 표정으로 나를 바라보던 아이들은 '야구 그만두고'로 시작되는 한 마디에 시선이 모아졌다. 아이들은 웅성거리기 시작했다.

"야, 절마 야구부였다 카는데?"

"그러게? 운동장에서 본 거 같다."

"준범아, 니는 기중이 옆에 앉거라. 기중이한테 마이 배워라."

배워? 뭘 배우란 말이야. 자기가 선생이야? 나를 가르치게.
아이들의 민감한 반응을 살피며 비정상이 정해 준 자리로 들어
갔다.

"어서 온나. 내는 기중이라 한다."

"응, 내는 준범이다. 잘 부탁한데이. 내가 야구만 해 가꼬 좀
무식하다. 잘 가르치 도."

척 봐도 기중이는 얌전한 아이 같았다. 나 같은 껄렁이와는
조금 달라 보였다. 그런데 그 얌전한 아이에 대한 첫인상이 영
별로가 되었다.

"그래, 범아. 잘 지내 보자."

범이라고? 나는 내 이름을 준범이라고 부르지 않고 범이라고
부르는 것을 아주 싫어한다.

물론 처음부터 내 이름에 불만이 있었던 것은 아니다. 교과
서에 나와서 아이들의 놀림감이 되곤 했던 이름인 순이도, 영자
도, 철수도 아니지만 나도 내 이름에 대한 아픔을 가지고 있다.

사람은 누구나 생략하는 걸 좋아한다. 이 바쁜 세상에 시간을 절약하기 위해 생략, 요약, 축약해서 부르는 것은 환영할 일이다. 사람들은 나의 이름을 이렇게 부르곤 한다.

"범아."

어린 시절에는 이렇게 부르는 것이 듣기 좋았다. 날렵한 표범을 연상하게 해 주기 때문이었다. 이것까지는 괜찮다. 그런데 꼭 이렇게 부르는 친구가 있다.

"버어마."

처음에는 이것이 이상하지 않았으나 어느 순간부터인가 그렇게 부르는 것이 거슬리기 시작했다. 아니 듣기 싫어졌다. 그 이유는 초등학교 때 벌어진 일 때문이었다.

1983년 길을 걸어가던 우리는 사이렌 소리가 울려 퍼지는 것을 들어야만 했다. 그 당시 사이렌이 울리는 것은 국가 비상사태일 때와 민방위 훈련일 때 단 두 경우뿐이었다.

그날은 국가 비상사태가 선포된 것이었다. 이름하여 버어마 랭군의 아웅산 묘소 폭발 사건이다. 버어마 아웅산 묘지에서 일어난 이 사건은 북한 공작원이 장치한 폭탄이 폭발하여 우리나라의 고위 관리들이 순직한 사건이었다. 투철한 반공정신으로 빛나는 우리 국민들에게 버어마는 아픔을 상징하는 장소가 되어 버린 것이다.

그 이후로 친구들이 나를 '범아.'라고 부르는 것을 그다지 달갑지 않게 느끼기 시작했다. 혹시나 내 이름에 그것을 연결시킬지도 모른다는 예감 때문이었다.

내 이름이 다른 친구들에게 부정적인 느낌을 준다거나 안 좋은 별명으로 오르내리는 것이 전혀 달갑지 않았다. 그런데 언제나 꼭 한 놈이 문제였다. 나를 부르며 이렇게 말한 것이다.

"어이, 버어마. 아웅산 폭발 사건!"

자기 딴에는 재미있으라고 한 이야기였겠지만 나의 뇌관은 아웅산 묘소처럼 이미 폭발해 버렸다. 그렇게 말하는 놈이 분명히 있을 것이라는 나의 예감이 딱 들어맞은 것이었다. 예감은 왜 이렇게 생겨 먹은 것일까. 좋은 예감은 언제나 빗나가면서 나쁜 예감은 언제나 꼭 들어맞다니.

물론 그 친구는 나의 뇌관을 폭발시킨 대가를 톡톡히 치러야만 했다. 그런데 처음 보는 샌님 같은 짝이 범이라고 부르다니 내 공부 인생의 스타트가 영 별로처럼 느껴졌다.

심호흡 한 번하고 책을 펼쳤다. 낯설다 못해 어리둥절했다.

국어 책에 적힌 글자들이 외국어처럼 느껴지는 것은 참 곤혹스러운 일이었다.

두 시간의 시간이 정신 혼수상태로 지나갔다. 꼬락서니부터 '나는 좀 노는 놈이다.'라는 표시가 나는 뒤에 앉은 아이가 말했다.

"야, 인자 하달이 시간이네."

뒤를 돌아보자 그 아이는 영어 책을 꺼내고 있었다. 무엇을 해야 할지 알쏭달쏭할 때, 분위기 파악이 안 될 때, 가장 쉬운 정답은 따라 하기다.

영어 책을 꺼내며 그 아이에게 물었다.

"야, 하달이가 먼데?"

"응, 하달이 영어 샘 별명아이가! 일명 하체미달, 하체가 쫌마이 짧거든. 웃기제, 웃기제?"

나는 웃지 않았고, 그 아이는 혼자서 교실이 떠나갈 듯 웃었다. 그러고는 대뜸 오른손을 내밀었다.

"나는 상우라 칸다. 잘 지내제이."

딩동댕동. 벨이 울리자 아이들은 재빨리 자신의 자리로 갔다. 영어 선생님이 들어오자 괜스레 웃음이 났다. 하달이! 재미있는 별명이다.

영어 선생님의 모습을 보니 그 별명은 전문 양장점의 맞춤 복처럼 말 그대로 딱이었다. 상반신이 절대적으로 길어 보이는 하반신의 소유자. 그는 책을 펴고는 혼자서 한참 동안 설명을 해 댔다.

"이 문장은 to 부정사의 용법 중에 명사적 용법으로 쓰인다. 알겠나? 그라고 이거는…… 어? 니는 못 보던 안데? 니 전학 왔나?"

아니라고 대답하기도 전에 뒤에 있던 상우라는 아이가 끼어들었다.

"샘예, 야는 야구부 그만두고 오늘부터 우리 진학반으로 왔습니더."

하달 선생님은 나를 물끄러미 쳐다보았다.

"니가 진학반에서 공부한다꼬? 야구부 아이들은 진학반 안 오는데……. 니 중학교 때 공부는 좀 했나? 아니 수업은 좀 들었나?"

"아니예."

"니, 영어 공부는 좀 했나?"

자신 있게 대답했다.

"조금 예."

그렇게 대답할 수 있었던 것은 믿는 구석이 있었기 때문이었다. 하얀 백묵으로 영어 선생은 딱. 딱딱딱. 딱. 따악. 정확한 분필 소리와 함께 단어 하나를 썼다.

'SKY'

"어이, 야구부 탈퇴! 니 이 단어가 먼지나 아나? 이것도 모르면 니는 요서 공부하기 힘들데이."

아이들은 킥킥 웃으면서도 내가 공부에 얼마나 내공을 가지고 있는지 한번 보자는 표정들이었다.

'SKY'

지금 겨우 저 단어를 나에게 묻는단 말인가. 저런 하수들의 단어로 나를 테스트해 보겠다는 어림 반 푼어치도 없는 의도라니. 한때 야구부의 천재로 각광받았던 나에게 말이다.

나는 중학교 때 수업을 빼먹어도 결코 선생들에게 회초리를 맞지 않는 야구부라는 훈장을 달고 있었다. 그랬기에 영어 시간에는 맨 뒷자리에서 침을 흘리며 잠을 자건 책상을 통째로 화장실에 옮겨 두고 야구부실에서 만화책을 읽건 누구에게도 간섭을 받지 않았다.

교실에서 엎드려 잠을 잔 날 책상 위에 묻어 나오는 초록색

페인트로 볼을 온통 물들이는 것도 야구부원과 럭비부원들만이 가질 수 있는 특권이었다. 다만 오전 시간에 할 일이 없어 야구부실에 일찍 출근할 때가 있는 감독님의 무시무시한 손따구만 만나지 않는다면 말이다.

비록 수업은 잘 듣지 않았지만 나에게는 천재 소녀로 불리며 10살 때 주산 3단을 따냈던 어마어마한 IQ의 소유자인 누나가 있지 않았던가. 그 피가 어디로 가겠는가.

나 또한 야구부에서는 천재라는 소리를 들었다. 내가 야구부에서 천재라는 소리를 듣게 된 경위는 이러하다.

동아상고 야구부는 부산의 명문 야구부였기에 두 달에 한 번 정도는 서울에서 열리는 전국 대회에 참가했다. 4월, 벚꽃이 만발하여 청춘 남녀의 가슴이 설렌다지만 우리에게 4월은 결의에 찬 서울로의 상경의 달이었다. 그 해의 전국 대회가 처음 열리는 달이 바로 4월이었기 때문이다.

우리는 야구 배트, 글러브, 공, 유니폼, 커다란 알루미늄 물통 등을 들고 부산역으로 향했다. 버스를 타고 부산역으로 가는 동안 버스 안은 말 그대로 시장통이었다.

경기에서 꼭 승리해야겠다는 비장함이나 4강에 들어서 꼭 대학 진학의 혜택을 받겠다는 의지는 전혀 찾아볼 수 없었다. 선배들은 며칠 전에 소개팅에서 만났던 쭉쭉빵빵 오 양 이야기를 하고 있었다. 1학년인 우리들은 학교 앞에 새로 생긴 DJ가 있고, 커피와 쫄면, 떡볶이까지 파는 이상야릇한 음악다방에 대해 이야기하고 있었다. 그때 이미 안 감독의 얼굴은 울그락 불그락 텔레비전 외화 드라마 속의 괴물 바야바로 변해 가고 있었다.

부산역에서 내리자마자 감독은 넓은 광장에 야구부 37명을 집합시켰다.

"너그들이 부산 대표로 전국 대회에 출전하는 야구부 맞나? 이 새끼들아."

우리는 감독의 의도를 이미 알고 있었다. 감독님의 야구 짬밥 20년, 우리의 야구 짬밥도 길게는 8년에서 짧게는 6년 아닌가.

선배들은 '대회에 출전하기 전에 기선 제압 한 번 하겠다 이 말씀이지? 그래, 대충 떠들어라. 우리도 대충 정신은 눈감고 있을 테니까.'라는 표정들이었다.

감독의 잔소리가 길어질 것에 대비하여 우리는 모두 자연스럽게 '열중쉬어' 자세를 취했다. 사실 '열중쉬어' 자세는 모든 자세 중에 가장 편안한 자세이다. 무릎을 약간 굽혔다 펴도 표시가 나지 않았기에 덜 피곤한 자세였다. 팔을 뒤에 둔 채 손을 꼼지락꼼지락할 수 있기에 덜 지루한 자세였다.

감독의 설교는 계속되었다.

"이번 대회에서 4강에 들지 못하면 너그들은 대학도 몬 가고 인생 낙오자가 되는 기라."

낙오자? 그러면 자기도 대학을 나오지 못했으니 낙오자 아닌가? 하지만 대동아상고 감독이 되었고, 학부모나 동문회로부터 월급 외에 용돈도 쏠쏠하게 '인 마이 포켓' 하고 있지 않은가. 그리고 이것은 올해 전국 대회의 첫 대회일 뿐이다. 삼세번도 아니고, 다섯 번쯤은 기회가 더 남았단 말씀이다.

"후원회 선배님들하고 동문회 선배들이 요번에 너그들한테 얼마나 기대가 큰 줄 아나? 선배들하고 동기들한테 대동아상고 야구부의 멋진 모습을 보여야 되는 거 아이가?"

하긴, 감독도 이번 대회 성적 안 좋으면 잘릴지도 모르는데. 이번 대회가 감독에게는 진짜 중요하다. 1차전에서 게임에 지면 감독에서 백수로 졸지에 강등될 수도 있는 절박함. 그렇게 의지에 불타던 감독의 이야기는 늘 그랬듯이 곧 삼천포로 빠져들었다.

"야구도 머리가 좋아야 된다. 알겠나. 이 돌대가리들아."

꼭 저런단 말이야. 늘 핵심과 핀트에 어긋나는 저 일관성. 존경할 만하다. 그런데 갑자기 감독은 고개를 팩 돌리더니 역사 맨 위에 커다랗게 붙어 있는 팻말을 가리켰다.

'Pusan station.'

"저기 무슨 뜻인지 아나?"

야구부원들은 뺑 찌는 표정이었다.

"어이, 주장! 저기 머슨 뜻이고?"

묵묵부답.

"어이, 청소년 대표 김후이! 니는 저거 아나?"

고개만 절래절래.

서로의 눈치를 보고 있는 그 순간에 감독의 화살이 나에게로 날아왔다. 야구 선수 중에서는 그나마 머리를 좀 돌려야 하는 위치인 포수. 상대 타자가 직구를 노리는 순간 커브 사인을 내어 헛스윙을 유도하는 잔머리의 소유자이기에 감독은 나에게 물었던 것이다.

하지만 그 상황은 잔머리를 발휘할 상황이 아니었다. 나의 높디 높은 지식을 뽐낼 수 있는 절호의 기회였다.

"네. 감독님. 부산 스테이션입니더예. 부산역이라는 뜻이지예."

허걱. 다른 야구부원들은 결정타를 한 방 맞은 것처럼 나를 쳐다보았다.

그 눈길은 반은 '와, 저걸 어떻게 알았지?' 하는 감탄의 눈길이었고, 반은 '저런 싸가지, 이 상황에서 저렇게 아는 티를 내어야 하겠어.' 하는 밥맛없음의 눈길이었다.

짝, 짝, 짝. 감독은 짧고 굵은 세 번의 박수를 나에게 보냈다.

"봤제, 너그들. 머리 나쁜 놈 중에 야구로 성공하는 놈 없다. 준범이 좀 배아라, 이 새끼들아. 대가리가 나쁘면 야구도 못한다. 알것나?"

내가 'Pusan station'을 어떻게 알았냐고? 88올림픽을 앞두고 있던 우리나라는 관광객들을 맞이하기 위한 만반의 준비가 갖추어져 있었다 이 말이지. 전두환의 진두지휘 속에 서울시장, 부산시장, 부산시 공무원 할 것 없이 과시용 88올림픽에 열중하던 시절이었단 말씀. 버스가 중요한 정류장에 설 때면 아가씨의 낭랑한 목소리가 흘러나왔다. 앞 문장은 한국어로, 뒤 문장은 영어로.

"다음 정류장은 부산역, 부산역입니다. 어쩌고 저쩌고, 부산 스테이션."

분명하고, 똑똑하고, 확실하게 들었다. 부산역이라는 말과 어쩌고 저쩌고 하다가 부산 스테이션이라는 말을. 감독에게 맞고, 선배들에게 맞고 야구해 온 눈칫밥이 얼마인데 그 정도 눈치도 없을까.

나는 어깨가 우쭐했다. '이게 적어도 야구부 내에서는 천재인 나와 돌대가리인 너희들의 차이점이야.' 하고.

'눈치가 없는 것이 인간인가?'라는 말을 굳이 하지 않더라도 나는 이미 그들의 머리 위에서 논다는 착각 속에 빠져 있었던 것이다. 그렇게 개인 야구 가방과 1학년의 위치에 걸맞은 무거운 야구공 가방을 메고 무궁화 열차에 봄을 실었다.

그렇게 'Pusan station'도 당당하게 맞추었던 야구부의 천재인 내가 그 정도의 단어도 모르겠는가.

'스카이는 당연히 하늘 아닌가. 나를 너무 깔보는 것 아냐?'

회심의 미소를 지으며 답을 말했다. 하지만 내 입속에서 튀어나온 말은 생각 속의 그것이 아니라 럭비공처럼 아무렇게나 튕겨 나와 버린 어이없는 말이었다.

"네, 스카이는 콩콩입니다."

허걱.

'저런 어처구니를 봤나?'

영어 선생은 나를 딱 그런 표정으로 쳐다보았다. 아이들은 정확하게 3초 동안 아무런 반응이 없다가. 삐— 삐— 삐—. 9시 뉴스 시간을 알리는 시계 초침처럼 정확하게 3초 후에 책상을 두드리며 배를 움켜쥐고 웃기 시작했다. 공부에 지친 아이들의 머리를 식혀 주기 위한 내 배려는 아니었지만 아무튼 그날 아이들은 내 덕분에 잠시 웃을 수 있었다.

나중에 안 사실이지만 내가 SKY를 하늘이라고 대답했더라도 그것은 틀린 대답이 될 수밖에 없었다. SKY를 하늘이라고 대답했다면 하달은 이렇게 잔머리를 굴리며 나를 놀렸을 것이라고 아이들은 이야기했다.

"임마, SKY는 서울대, 고려대, 연세대의 약자다."

나는 지금도 이해할 수 없다. 왜 하필 그런 중요한 상황에 내 입에서 '스카이 콩콩'이라는 어이없는 단어가 나왔는지. 하기야 나는 스카이 콩콩에 한이 서린 놈이다. 나의 초등학교 시절은 스카이 콩콩이 없어서 인간 대접을 받지 못했던 아픔의 시절이었다.

다른 친구들이 스카이 콩콩을 탈 때, 자존심이 강했던 나는 몰래 동네 뒷골목에 숨어서 커다란 삽을 잡았다. 삽자루를 잡고 삽 타기를 하며 하늘로 아주 짧게 향하는 순간, 스카이 콩콩을 가진 것 같은 착각에 빠지곤 했다. 그러니 스카이라고 하면 콩콩이라는 단어가 오토매틱으로 떠오른 것은 어쩌면 가슴에 상처를 가지고 있던 나에게 당연한 일이었는지도 몰랐다.

나의 그런 애절한 스토리와는 달리 아이들은 책상을 두드리며 웃어 대기 시작했다. 특히 내 뒷자리의 상우라는 녀석은 오버 액션의 달인이었다. 어색했던 교실 분위기를 깨는 한바탕 웃음을 주었지만 그와 함께 내 자존심도 깨어지는 아픈 순간이었다.

춘섬! 비정상

초등학교 시절 이후로 아주 특별한 경우를 제외하곤 작별을 고했던 교실로의 컴백 일주일째.

비정상은 예상했던 것보다 훨씬 강한 남자였다. 단거리 선수처럼 교문을 열어젖히며 제일 먼저 스타트를 끊었고, 경비 아저씨처럼 교문을 닫으며 제일 나중에 빠져나가는 강철 체력의 소유자였다. 수업 시간이면 오른쪽 겨드랑이에는 일제 시대 순사나 차고 다녔을 법한 가느다란 긴 칼 같은 회초리를, 왼쪽 겨드랑이에는 국어 책을 끼고 다니며 온 학교를 무한 질주했다. 그리고 밤이면 일명 야자를 감독하며 가무를 뺀 음주를 일삼는 이중생활을 했다.

그의 전용 술집은 학교 앞 슈퍼다. 슈퍼는 교문 앞에 보란 듯이 서 있다. 그는 야간 자율 학습 시간이면 교실 문을 열고 딱 한 마디를 던지고 그곳으로 달려간다.

"야, 궁금한 거 있으면 슈퍼살롱으로 온나."

비정상은 아이들에게 그렇게 외친다. 무슨 최고급 세단 이름도 아니고 나 참. 비정상은 자신만의 아지트를 좀 더 근사하게 꾸미고 싶은 허풍도 있는 모양이었다.

야구부 그물이 벽을 올라 싸고 있는 우리 학교. 그래서 오직 교문만이 밖으로 나갈 수 있는 단일 통로다. 경비실의 아저씨쯤이야 낮은 포복 자세로 간단히 속일 수 있다. 하지만 안도의 한숨을 내쉬는 순간, 당연히 이런 소리가 들려온다.

"일마야, 니가 무슨 땅굴 특공대가?"

빼꼼 고개를 들어 보면 비정상은 슈퍼 평상 앞에서 맥주를 홀짝이고 있다. 땅콩을 오도독 씹으면서. 아이들의 몸은 스프링처럼 튕겨 일어나 '뒤로 돌아이 갓!' 자세를 유지하게 된다.

소주, 맥주, 막걸리 가리지 않는 두주불사의 투철한 정신. 그럼에도 불구하고 비정상은 한 번도 지각이라는 것을 하는 일이 없다. 7시 30분이면 어김없이 교실에 서서 그는 외친다.

"이놈의 새끼들, 지각하면 보충 수업비 안 아깝나?"

도무지 이해가 되질 않는다. 저 인간은 도대체 잠을 자는 건지 마는 건지 원. 집에 들어가는 시간은 일정치 않았지만 집에서 나오는 시간은 늘 일정한 비정상. 밤새 술을 퍼마시고도, 언제 술 마셨냐는 듯 말짱하게 출근하는 오뚝이 정신. 25도인 소주, 5도인 맥주, 6도인 막걸리를 섞어 마시면 졸도라는데, 비정상은 우리에게 그런 모습을 한 번도 보여 준 적이 없다. 선생을 뽑을 때 체력장을 제일 먼저 보는 것이 아닌가 하는 생각이 들었다.

일주일이 지나면서 나는 비정상의 위력을 실감해 갔다. 전교에서 좀 논다고 하는 선배들과 노는 아이가 못 되면서 노는 아이로 보이고 싶어 하는 선배들에게 그는 공포의 대상이라는 사실을 알게 되었다.

전교생 앞머리 5cm를 용납하지 않는 학생부장 선생님의 가위보다, 땅바닥보다 학생들의 머리통에 더 자주 가 있는 부기 선생님의 슬리퍼보다, 전쟁이 아니라 교내 규율을 목적으로 사용되는 교련 선생님의 가짜 M16 총보다, 비정상의 뺨 한 대를 훨씬 더 무서워한다는 사실.

그것은 학교의 명예를 빛내기 위해 존재하지만 실제로는 학교생활과는 상관없이 따로 노는 야구부원과 축구부원만 모르고 다른 학생들은 다 알고 있는 교칙과 같은 것이었다. 강철 체력과 터프함을 동시에 지닌 것도 부족해 뺨 한 대로 불량 학생들의 모든 일탈의 의지를 잠재워 버리는 무시무시한 파워까지. 선생 사회의 일진. *그가 바로 비정상이었다. 그것이 바로 비정상의 정체였다.*

칠판 위 유리 액자 속에 있는 태극기를 보았다. 그리고 그 옆에 덩그러니 놓여 있는 급훈을 발견하였다.

'강력 실천'

도대체 급훈이 왜 저 모양인지. 저 급훈으로 진학반 아이들을 얼마나 볶아 대었을지 안 봐도 척, 툭 하면 호박 떨어지는 소리였다. '너희들 내가 시키는 대로 무조건 따라 해라!'라는 무언의 협박과 다를 게 뭐가 있겠는가. 여고에서 유행하고 있다는 '대학 가서 미팅할래? 공장 가서 미싱할래?'에 맞먹는 수준이다.

남아프리카공화국이 인권 말살 지역이라면 우리 교실은 인권의 사각지대다. 피 끓는 청춘들의 교실을 감옥화시켜 놓고, 밤 10시가 되어야만 잠시 풀어 줬다가 다음 날 아침 7시 30분이면 어김없이 소집시키는 엄격함을 그는 우리에게 보여 주고 있다.

그러나 이상한 점 한 가지. 누구도 말해 주지 않았지만 진학반 아이들은 비정상을 무서워는 하지만 두려워하지는 않는다는 느낌을 받았다. 아이들은 비정상 앞에서 결코 주눅 들지 않았고, 웃고, 떠들고, 공부하고, 심지어 농담 따먹기도 가끔 하는 것이었다. 그 이유를 교실 컴백 일주일째 되는 날 실감하게 되었다.

7시 30분부터 시작된 진학반만의 아침 자율 학습이 끝나는 시간. 그 시간은 상과반과 무역반 아이들이 가방을 들고 학교에 오는 시간이다. 종소리와 함께 떠들썩한 쉬는 시간이 시작되려는 찰나, 교실 앞문이 열렸다. 드르르륵이 아닌 뜨륵하고. 긴 여운의 소리가 아닌 급하고 둔탁한 이 소리는 선도부의 등장을 알리는 소리였다. 시끌벅적했던 교실은 쥐 죽은 듯이 조용해졌고, 아이들은 쥐새끼처럼 재빨리 자신의 아지트로 헤쳐 모였다.

하지만 나는 줏대가 있는 놈이었다. 나는 나의 스케줄에 따라 움직이는 놈이 아닌가. 아침 자습이 끝나고 1교시 수업이 시작되는 시간까지 20분의 쉬는 시간은 나에게는 분명히 아침 식사 시간이었다. 도시락을 꺼내어 어머님의 정성이 아직 식지 않은 도시락밥을 한 숟가락 떠서 기름기 반질반질한 김에 싸서 목

구멍에 넘기는 순간, 선도부장이 들어온 것이다.

나는 그것을 멈출 수 없었다. 사실 거기서 멈추려고 했지만, 굳이 멈출 이유를 찾지 못했으며 그깟 선도부보다는 내 눈앞의 아침 식사가 더 중요했을 뿐이었다. 하지만 사태는 그깟이 아니었다.

"거기 뒤에, 니는 뭐 하는 놈이야. 이 새끼야. 앞으로 나와."

가만히 있는 나를 왜 건드리는 건지. 나는 나의 아침 식사를 방해하는 것이 싫었을 뿐이었다. 아이들의 시선이 전부 나에게 모아졌다. 천천히 도시락 뚜껑을 닫고 일어서서 앞으로 나갔다.

"이 새끼 봐라. 바로 안 서?"

"바로 섰는데요."

선도부장은 나의 강한 포스에 당황하는 눈빛이 역력했다.

"니, 니는 뭐 하는 놈이야. 진학반에서 못 봤는데."

"내예, 야구부 탈퇴된데요."

사실 나는 선도부의 무서움을 몰랐다. 나에게 세상에서 무서운 존재란 오직 야구부 선배들뿐이었다. '자신이 야구부 선배도 아니면서 왜 나의 인생에 태클을 걸려는 거야?'라는 것이 내 심정이었다.

야구부 탈퇴라는 말에 선도부장의 눈빛은 흔들렸다. 나는 그것을 어김없이 포착했다. 이미 승기를 잡았다고 생각했다. 그러나 그 순간 묵직한 충격이 나의 배를 강타했다. 내 입에서는 예상치 못했던 "윽~." 하는 신음 소리가 튀어나왔다.

"에이, 씨발놈이."

나의 주먹은 반사적으로 선도부장의 얼굴로 향했다.

"퍽!" 선도부장은 중심을 잃은 채 엉덩방아를 찧었다. 쪽팔림 때문이었을까, 아니면 아픔 때문이었을까. 3초 정도 어리벙벙한 표정으로 앉아 있던 선도부장은 뒤도 돌아보지 않고 열린 앞문을 통해 나가 버렸다.

아이들은 입을 딱 벌리고 정신을 차리지 못하고 있었다. 어슬렁어슬렁 내 자리로 돌아왔다. 그렇게 잠자는 사자의 코털을 왜 건드리냐 말이다. 그런데 알고 보니 잠자는 사자를 몽둥이질한 것은 나였다.

20명이 넘는 2학년 선배들이 우리 교실로 쳐들어오는 데는 정확하게 30초밖에 걸리지 않았다. 제일 험상궂게 생긴 선배 한 명이 잔뜩 독이 오른 목소리로 말했다.

"어떤 새끼야? 선배를 때린 놈이."

빗자루며, 대걸레 손잡이며, 하여튼 전부 오른손에 무언가 하나씩은 들고 있었다. 갑작스러운 선배들의 출현에 당황스러웠다. 정확하게 말하면 겁이 몰려왔다. 나는 아까와는 달리 엉거주춤 자리에서 일어났다.

"니가? 일로 나와 바라."

말은 그렇게 하면서 내가 나가기도 전에 그 말을 한 선배는 내 자리로 달려오더니 가슴팍을 날아차기했다.

"일어서, 이 새끼야! 니가 돌았나? 선배를 주패?"

선배는 주먹을 쥐며 다시 때릴 준비를, 나는 일어서며 다시 맞을 준비를 했다. 그때였다.

"뭐꼬, 지금 뭐하는 기고?"

비정상이었다. 다행스럽게도 발 빠른 짝궁 기중이가 교무실로 달려가 이 살벌한 상태를 비정상에게 고자질한 것이었다. 비정상의 커다란 고함 소리는 교실을 '즐겁게 춤을 추다가 그대로 멈춰라.'라는 노래 가사처럼 동작 그만을 하게 만들었다.

"이것들이 교실에서 뭐하는 짓거리야? 선도부장하고 준범이 따라와."

비정상은 모든 떨거지들을 뒤로 하고 성큼성큼 걸어갔다. 선도부장과 나는 삐쭉삐쭉 따라갔다. 비정상은 무시무시한 간판이 달린 곳으로 쑥 들어갔다.

'학도호국단실.'

연구와 수양을 통해 학생들의 투철한 민족의식과 국가관을 확립하기 위해 존재한다는 그럴싸한 포장을 하고 있는 그곳. 하지만 실상 그곳은 선생님들의 공인된 불량 학생 구타 장소였다. 선도부장을 따라 나도 들어가려고 하자 비정상은 그곳에서 고개를 내밀고 말했다.

"준범이, 니는 교무실에 가서 꿇어앉아 있어."

비정상의 그 말이 다행인지, 불행인지 판단이 서지 않았다. 교무실 입구에 가서 정갈하게 꿇어앉았다.

"잘한다, 임마. 어데 선배한테 달라든다 말이고?"

주산 선생이 내 머리를 때리고 지나갔다.

"절마 달라든 기 아이고, 선배를 아예 주팼어예. 그것도 선도부장을."

아까부터 전혀 관심이 없는 듯 거들떠보지도 않던 수학 선생은 책상에 코를 박고 한 마디 거들었다.

"진짜가? 에이 겁대가리 없는 놈아."

주산 선생은 나를 스쳐 2m를 지나갔다가는 갑자기 휙 몸을 틀어 다시 돌아와 나의 머리를 또 때리고 지나갔다. 아까 강도와는 비교도 안 될 정도였다.

잠시 후, 출석부를 들고 한 선생이 내 앞을 지나갔다.

"니가 글마가? 선도부장 주팼다는 놈이?"

잘 모르는 선생도 나를 때리고 지나갔다.

"퍽!" 선도부장을 때렸다는 것은 학교로서는 용납할 수 없는 일이었다. 아니, 선생들이 용납할 수 없는 일이었다. 선도부장은 쉽게 이야기하면 선생들의 대리인이었기 때문이다.

손 안 대고 코 푼다는 말을 알 것이다. 알아서 머리카락 긴 놈들 잡아 주지, 신발 구겨 신고 오는 놈들 잡아 주지, 싸움하는 놈들 알아서 잡아 오지, 학교에 반항할 조짐이 보이는 놈들 고자질해 주지, 세상에 그런 자동판매기가 어디 있겠는가.

그러니 이유 불문하고 선도부장과 트러블이 생기면 무조건 상대방 잘못인 거다. 게다가 후배가 선배인 선도부장을 때렸으니 이건 6.25 전쟁 시절로 치면 즉시 총살감이었다.

한 대가 두 대로 늘어나면 아프고, 두 대가 네 대로 늘어나면 엄청나게 아프고, 네 대가 열 대 이상으로 늘어나면 아예 체념 상태가 되어 버린다. 선생님들의 매질에 자연스럽게 몸을 맡길 수밖에 없었다.

나는 꿇어앉아 있던 자세에서 스프링처럼 튀어 올라 이 말을 내뱉었다.

"에이, 씨발. 와 때리요? 학교 안 다니면 될 꺼 아이요."

마음속으로 100번 이상을.

그 순간 비정상이 교무실로 들어왔다. 비정상은 책받침만 한 손바닥으로 나의 오른쪽 뺨을 사정없이 후려갈겼다.

"어데 선배한테 달라더노. 이 새끼 니는 정신 좀 차리야 된다."

비정상의 손이 이번에는 왼쪽 뺨을 똑같은 강도로 후려쳤다.

"내가 니 인간 만들어 주꾸마."

똑같은 위치와 똑같은 강도의 뺨 때리기가 몇 차례 더 반복되었다. 교무실의 분위기는 일순간 나의 안위를 걱정하는 듯한 분위기로 돌변했다.

"어이, 박 선생. 인자 그만하지. 가도 얼떨결에 그란 거 아이겠나."

"안 됩니더. 이런 놈은 더 맞아야 정신을 차립니더."

비정상은 핸드볼 선수가 슛 할 때의 점프 실력으로 뛰어오르며 나의 뺨을 내리치려다가 갑자기 멈추었다.

"안 되겠다. 니는 학도호국단실로 따라온나. 그서 좀 더 맞아야 되겠다."

비정상의 뒤를 따라갔다. 비정상은 거칠게 학도호국단실 문을 걷어찼다. 비정상은 문을 걸었다. 딸깍 하는 그 작은 소리에 소름이 돋는 듯했다. 갑자기 전설의 고향을 보기 직전보다 더한 공포감이 몰려왔다.

고개를 들 수가 없었다. 무시무시한 비정상의 눈알과 마주칠 용기가 도무지 나지 않았다. 그런데 고개 숙인 내 머리 위에서 이런 목소리가 들려오는 게 아닌가.

"준범아. 마이 아프더나?"

아니, 이건 나의 예상을 전혀 빗나가는 예수님이 어린 양을 인도하는 인자한 목소리 아닌가.

"만일에 교무실에서 내가 니 그렇게 안 팼으면 다른 샘들이 니 정학시켜야 된다고 난리 부릿을 끼다. 내가 선수 좀 친기다."

선배 폭행과 학도호국단실. 이 상황과 전혀 어울리지 않게 비정상은 호쾌하게 웃었다.

"니, 무슨 심정으로 선배를 그래 때릿노."

고개를 들어 바라본 비정상의 표정은 아까의 그것과는 너무 달랐다.

"안다. 내도 니를 이해한다. 갑자기 공부할라꼬 하이 힘도 들었을 끼고, 야구부에서 늘 맞다가 지내니까 선배들한테 반발심도 들었을 끼라."

어라? 이것이 정녕 비정상의 모습인가? 다시 한 번 비정상

의 표정을 살펴보았다. 사뭇 진지 그 자체였다. 비정상의 양심
이 프라이팬에 달걀 프라이 된 것도 아닐건데 왜 갑자기 인간애
로 똘똘 뭉쳐진 걸까?

"니, 진짜 진학반에서 공부해 가꼬 대학 갈 끼가?"

이 상황에서 바로 예 또는 아니오라고 대답하는 것은 진지해
보이지 못할 우려가 있다. 나는 한 박자 쉬고 대답했다.

"예."

그리고 이 대답으로 인해 나의 행위에 대해 비정상이 무한한
너그러움을 줄 것이라 상상하며 덧붙였다.

"꼭 갈 낍니더."

비정상도 나처럼 한 박자를 쉬었다. 나를 뚫어지게 쳐다보
더니 다시 물었다.

"니, 진짜 대학 가고 싶나? 그냥 말고 꼭 가고 싶나?"

"예. 꼭 갈 낍니더!"

한 톤 더 높은 음성으로 대답했다.

"니, 그러면 내가 시키는 대로 할 수 있나? 그라면 니 대학
갈 수 있다."

"네. 선생님께서 시키는 대로 다 하겠습니더."

두 톤 더 높은 음성으로 대답했다. 이번에는 무릎 위에 올려

둔 두 주먹도 불끈 쥐어 보이며.

"그래. 싸나이가 못 할 일이 머 있노. 니는 지금 그 눈빛, 그 눈빛을 잊지 말거라. 니는 충부이 할 수 있을 끼다."

무지갯빛도, 네온사인 불빛도 아니었지만 그 말을 듣는 순간, 내 머릿속에 꺼져 가던 무언가가 들어오는 듯했다. 내 인생의 불이 새롭게 들어온다고 느끼던 그 순간 내 눈에서는 알 수 없는 눈물이 흘러내렸다.

운동장에서 구령 소리를 내며 달리고 있는 동기 야구부원들이 떠올랐다. 저 애들은 대학 가잖아. 그런데 나는? 저 애들은 프로 야구 선수가 될 수도 있잖아. 그런데 나는?

야구를 그만둔 이후로 나를 괴롭혔던 그 생각들 때문이었을까? 나의 눈물은 비정상이 휴지를 내밀 때까지 쉽사리 멈추질 않았다.

'너는 충분히 할 수 있을 것이다.'라는 비정상의 말.

공부도 제대로 해 본 적 없고, 야구로 1차 인생의 실패 선언을 한 나에게 대학이 웬 말이냐라고 하지 않고, 충분히 할 수 있다고 말하는 저 비정상. 왠지 앞으로 비정상에게 충성할 것 같은 느낌이 들었다.

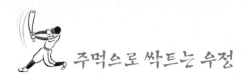

주먹으로 싹트는 수정

'담배를 끊을 것!'

'하루에 4시간 이상은 절대 자지 말 것!'

'국어 교과서 중 외워 오라는 부분을 모두 외워 올 것!'

비정상이 나에게 제시한 비정상적인 조건 세 가지다. 비정상이 제시한 이유를 설명하자면 이렇다.

"담배를 끊는 것은 니의 의지력을 시험해 보는 기다. 그라고 옛날의 니의 모습을 모두 버리기 위해서 담배를 끊어야 된다."

"남들은 대학을 가기 위해서 중학교 3년, 고등학교 3년 총 6년을 죽을 둥 살 둥 공부한데이. 니는 중학교 3년을 놀았고, 고등학교 6개월을 놀았으이 앞으로 남은 시간은 2년 6개월이데이. 그러이 니는 다른 아들 자는 거하고 똑같이 자가꼬는 안 되는 기라."

"누구는 공부를 이해라 캐샀던데 그거는 서울대 가는 아들 수준에서 하는 말이고. 모르면 무조껀 외아야 된다. 외우면 모르던 답도 톡 튀어나오게 되는 기라. 시키면 외아라. 안 시키도 외아라. 알제? 내가 외아라 캤는데 안 외우면 어째 되는지."

나는 그 조건을 모두 받아들였다. 아니 애초에 받아들이지 않을 수 없었다.

학도호국단실에서 꿇어앉아서 한 맹세를 다음 날 바로 뒤집을 수는 없는 노릇 아닌가. 진학반의 전체 평균을 깎아먹는 것도 부족해 선배 폭행이라는 대형 사고를 친 상황에서 나에게 거부권 행사는 이미 거부되도록 되어 있었던 것이다.

내가 생각하기에도 신기하게 학교생활에 잘 적응해 나갔다. 비정상은 땡땡이를 치지 않는다고 기특해했으며, 부모님은 고등학교 중퇴의 불안감에서 벗어날 수 있을 것 같은 희망으로 기뻐했으며, 나는 걸상에 엉덩이를 붙이고 있는 것만으로도 기적이라 생각했다.

그렇게 성실하게 학교를 다니고 있음에도 나에게는 얄궂은 소문 하나가 따라다녔다. 아니 소문이라기보다는 풍문에 가까운 것이었다.

세상의 모든 날라리들에게는 이런 소문이 따라다닌다.

"자, 예전에는 억수로 착했데이."

그러나 그 아이는 사실은 예전에도 착하지 않았을 것이다. 단지 어릴 때는 누구든 대체로 조금은 착한 편이니 그런 말을 할 뿐이다. 나에게도 그런 꼬리표가 따라다니고 있다는 사실을 알게 되었다.

"야, 준범이 절마. 야구하기 전까지는 억수로 착했다 카더라. 근데 야구하고 나서 성질 더러버진 거지."

야구를 시작하기 전이라면 내가 초등학교 시절의 이야기다. 도대체 자신들이 어떻게 내 초등학교 시절을 안단 말인가. 황당할 따름이었다. 야구부 탈퇴. 그 사실 하나만으로 어느새 좀 노는 아이로 둔갑해 있었던 것이다. 물론 선배에게 반항을 한 사건도 이 소문에 영향을 충분히 미쳤을 것이다.

아이들은 완전히 나에게 마음의 문을 열지 못했다. 그도 그럴 것이 빡빡머리에, 야구부 탈퇴에, 가끔씩 걸쭉한 욕까지 해대는 데 친근하게 느껴지는 것은 무리였을 것이다.

아무튼 나는 아이들의 그런 시선을 의식하지 않고 열공에 빠졌다. 아니 자리에 엉덩이 붙이고 앉아 있기에 열중했다. 무엇이든 새롭게 시작하는 것은 호기심이 일지만 이내 지루해지는 법. 학교생활이 지루해지지 않기를 빌며 수업 시간에 적응해 나가고 있었다.

공부에 열중하고 있던 나는 처음 보는 신기한 물건을 보게 되었다. 선생님의 설명을 열심히 듣고 있던 전교 1등 내 짝궁이 연필보다 1.5배 정도 두꺼운 펜 하나를 들고 쭉 그었다.

와우. 그랬더니 노란색인지, 노리끼리한 색인지 모를 색깔이 야광으로 보이며 밑에 있는 글씨가 톡 튀어나오게 보이는 것이 아닌가. 내 짝궁에게 물었다.

"야, 이기 뭐꼬? 신기하네."

"니, 이거 처음 보나. 형광펜이라는 기다. 선생님 말씀 중에 중요한 기 있으면 이걸로 죽 그으면 눈에도 잘 들어오고, 머릿속에도 잘 들어온다."

힐끔 보니 내 짝궁의 필통에는 그것이 색깔별로 몇 자루나 들어 있었다. 하지만 짝궁에게 형광펜이라는 것을 빌리기에는 왠지 서먹했다. 뒷자리에 앉은 상우에게 말했다.

"상우야, 니도 형광펜 있나?"

"당근이지, 임마."

공부 보기를 돌같이 하는 놈이 어째 그런 걸 다 가지고 있나 싶었다.

"좀 빌리 도."

"이거 귀한 기데이. 니니까 빌리 주꾸마. 아끼 쓰야 된데이."

상우의 입가에 번지는 알 수 없는 의미심장한 무언가를 나는 느끼지 못했다. 상우에게 그것을 받아 들고는 선생님의 설명에 귀를 쫑긋 세웠다. 선생님의 중요한 설명을 결코 놓치지 않으리라는 비장한 각오를 한 나는 전쟁터에 나선 무사가 칼을 다루듯이 그것을 꼭 쥐었다.

"자, 이거 중요한 기다. 밑줄 쫙 그어라."

옳거니. 드디어 중요한 부분이 나왔다. 상우가 준 펜으로 밑줄을 쫙 그었다. 그것도 자를 대고. 그런데 이게 웬일.

글자가 반짝반짝 빛나는 것이 아니고 내 눈앞에서 사라져 버린 것이다. 하얀색의 찐득한 무언가를 남긴 채. 전교 1등 내 짝궁은 키득키득 웃어 대기 시작했다.

상우도 킥킥 웃고 있었다. 아니 동서남북 친구들이 다 웃고 있었다. 고개를 돌려 상우에게 물어보았다.

"이기 우째 된 기고?"

상우는 대답 대신 더 과장된 몸짓으로 킥킥 웃어 댔다. 내 짝궁의 옆구리를 찔렀다.

"야, 와 일로 이 형광펜은?"

"그거는 형광펜이 아이다. 그거는 화이트펜이라 카는 기다."

"화이트펜? 화이트펜이 뭐꼬?"

"그거는 글자를 잘못 썼을 때 지우는 기다. 형광펜처럼 중요한 데 줄을 긋는 기 아이라."

화이트펜이라고 하는 그것으로 다시 한 번 줄을 그어 보았다. 역시 글은 아주 깨끗하게, 절대 알아볼 수 없도록 지워졌다. 나의 센스는 그제야 늦은 시동을 걸었다. 가재미눈으로 상우를 째려 보며 말했다.

"쉬는 시간에 화장실로 따라온나이. 알것나?"

그 이후의 자세한 스토리에 대해서는 말할 수가 없다. 화장실에 들어간 지 1분 후에 내가 먼저 나오고, 상우는 한참 후에 나왔을 뿐이다. 그런데 참 아이러니하게도 그 일을 계기로 상우는 나를 따라다니기 시작했고, 나도 그런 상우와 친해지게 되었다.

여자들은 절대 이해할 수 없는 때린 놈과 맞은 놈이 친해지는 이 이상한 남자들만의 인생 공식. 남자들은 이 이상한 공식의 답을 우정이라 부르곤 한다.

사실, 나는 싸움을 그다지 좋아하지 않는다. 그래서 고등학교에 와서 싸움을 한 번도 하지 않았다. 물론 상우와 있었던 일은 엄밀히 말하면 싸움이 아니다. 그것은 지도 내지는 손봐 주었다 정도가 정확한 표현이다.

싸움이라면 쌍방이 대결 의지를 가지고 있고 주먹이 왔다 갔다 해야 하지만 상우와 나 사이에 있었던 일은 한쪽의 일방적인 행위였기 때문이다. 싸움을 한 번도 하지 않았음에도 불구하고 나는 학교에서 암묵적으로 인정받는 싸움꾼이 되어 있었다.

아이들은 나의 주먹이 얼마나 빠른지, 나의 발길질이 이소룡의 그것과 흡사한지 궁금해하지 않았다. 구태여 나의 싸움 장면을 보여 줄 필요가 없었다.

야구부 탈퇴, 빡빡머리, 선배 구타. 이 세 가지 사실은 나의 싸움 솜씨를 한 수 먹고 들어가게 해 주었다. 거기다가 나는 좋은 조건들을 갖추고 있다.

"이런 씨발탱이를 봤나."로 시작되는 걸쭉한 욕. 잽싸게 걸상을 들어 올리는 민첩함. 싸움을 잘하는 방법은 아주 간단했다.

욕은 단지 상대방보다는 2배 정도 강하기만 하면 되었다. 그리고 상대방이 걸상을 잡는것 보다 2초 정도만 먼저 걸상을 들어 올리기만 하면 되었다. OK 여기까지.

그것으로 아이들은 나를 우리 학교에서 아마 세 통이나 네 통쯤 될 것이라고 믿어 버렸다. 싸움에서 이기는 길은 먼저 때리는 선빵이 최고라고 몇몇 아이들은 목에 핏대를 세웠지만 나는 그마저도 필요 없었던 것이다.

한 마디로 나는 시늉에만 뛰어난 명수였다. 그리고 그것은 충분히 통하고도 남았다. 그즈음 나에게 간절히 필요했던 것은 싸움의 통이나 일진이 아니라 공부의 열 통이나 십진 정도 되는 것이었지만, 그래도 남자는 자신의 몸은 자신이 지킬 줄 알아야 했다.

싸움을 잘하는 것도 고딩이 갖추어야 할 하나의 덕목이기 때문이다. 강한 자가 살아남는 법. 여기도 사회의 축소판 중 하나니까 말이다.

그녀는 예뻤다

초등학교 때는 누구나 자신은 대단한 사람이 될 것이라는 사실을 믿어 의심치 않는다. 중학교 때도 대통령쯤은 아니라도 자신은 좋은 대학에 가고, 성공을 거둘 것이라는 사실을 믿어 의심치 않는다. 하지만 고등학교란 곳은 그런 환상을 깨어 주기에 충분한 곳이다.

중학교 시절 너 나 할 것 없이 자신의 모교가 되곤 했던 서울대, 연세대, 고려대는 더 이상 입에 오르내리지 않는다. 고등학교 2학년 즈음이면 고등학교를 무사히 졸업하고 아무 대학이든 안착하는 것으로 목표가 바뀌게 된다.

나라고 대한민국 고2의 표준에서 벗어날 수는 없는 일 아닌가. 아니 인생 1차 검정 시험에서 야구 과목으로 벌써 한 번 탈락을 맛본 나에게는 어쩌면 다른 인생 공식을 적용해야 할지도 모를 일이다.

그러므로 나의 꿈은 실로 소박하다. 그저 대학의 문턱, 아니 정확하게 말하면 전문 대학의 문턱에라도 갈 수 있다면 교문에다 대고 넙죽 절을 하겠다는 마음까지 들기 시작했다. 1차 목표는 험난한 유혹을 뿌리치고 고등학교를 무사히 졸업하는 것. 2차 목표는 전문 대학으로의 진학. 나는 목표를 향해 돌진하는 무대포 정신을 보여 주겠다며 이렇게 목표를 설정했다.

교실에 앉아 있는 친구들을 돌아보았다. 이 중 누군들 대학에 가고 싶지 않겠는가. '과연 이 중에서 대학에 가는 친구는 얼마나 될까?' 상상해 보았다. '원하는 것은 무엇이든 이룰 수 있고, 하고 싶은 것 마음대로 할 수 있는 마술 램프 같은 세상은 어디 없을까?' 하는 생각도 해 보았다.

결론은 당연히 '없다.'였다. 걸상을 당기고 연필을 잡았다. '암, 공부해야지. 그래야 고등학교도 졸업하고, 전문 대학도 가지.' 하는 생각으로 공부에 시동을 걸려는 찰나. 상우가 잔잔한 호수에 돌을 던지고 말았다.

"야, 니 미팅 안 할래?"

왕년에 인기 폭발이었던 이 몸의 인기를 어떻게 알고, 자식.

짐짓 의연한 척했다.

"미팅? 갑자기 미팅은 와? 나는 그런 거 안 한다."

'음, 고등학교 졸업하고, 전문 대학에 가려면 공부해야 하는데.' 하고 아주 잠깐만 고민했다. '여자 사귀면 공부 못한다는 것은 편견 아닐까?'라는 내 상황에는 절대 맞지 않는 핑계로 마음을 돌렸다. 상우는 나에게 더욱 바짝 다가왔다.

"사실은 있다 아이가. 3대 3으로 미팅하기로 했는데 정민이 절마가 오늘 못 간다 안 하나. 니가 대신 나가자."

사나이 자존심이 있지. 한 번쯤은 튕겨 줘야지.

"뭐라꼬. 내보고 정민이 땜빵해라고. 본 한다. 내가 그래 한가한 놈인줄 아나?"

"아이지, 니는 절대 그래 안 한가하다 아이가. 하지만 우짜겠노. 니가 나가 주야지 내 가오도 좀 안 살 것나. 니 함 봐 바라. 우리 반에서 니만큼 생긴 아가 어데 있노. 주선하는 내 체면도 좀 생각해 도."

하여튼 상우는 아부의 절대 지존이다. 피식 웃으며 마지못해 상우의 부탁을 들어주는 척했다.

자식! 사회생활을 안단 말이야. 우리 반에서 공부 못해도 인생에 성공할 수 있는 유일한 후보가 바로 너야.

일요일 오후 대학생 형의 점퍼를 훔쳐 입고 버스에 올랐다. 흰색 점퍼의 양쪽 어깨에는 마치 작은 풍선이 들어 있는 것처럼 잔뜩 힘이 들어가 있었다.

극장 앞에는 주선자 상우와 함께 미팅하기로 한 현호, 진수가 서 있었다.

"와! 준범아. 니 잠바 쥑이네. 역쉬 니는 패션을 안다 카이."

상우는 특유의 너스레로 내 앞에서 깝죽거렸다.

"좋나? 다음에 니 미팅할 때 함 빌리 주까."

집에 들어가면 형에게 맞아 죽을지도 모르는 상황에서도 나는 상우의 너스레에 걸맞은 허풍으로 응대해 주었다. 우리는 약속 장소인 '약속' 커피숍으로 향했다. 4명의 여자 아이들이 나란히 앉아 있었고, 한 명이 일어나 손짓을 했다.

"야들아. 인사해라. 야가 바로 내 쪼가리 김민경이다. 예쁘제?"

상우는 구태여 자신의 여자 친구의 손을 한 번 꼭 쥐어 보여주며 우리에게 인사시켰다.

"자, 자. 대동아상고의 킹카들 하고, 대교문여상의 퀸카들의 만남이니까, 오늘 파트너 멋지게 정하고 즐겁게 함 놀아 보입시더."

3대 3. 많지도 않고, 적지도 않은 숫자의 사람들이 무슨 대

단한 인연이라도 되는 양 떠들다 각자의 파트너를 찜한 뒤 삼
삼오오 헤어져서 각자 플레이에 들어가는 공통된 스토리를 가
지고 있는 미팅. 상우의 주선으로 우리는 그 뻔한 스토리에 동
참했고, 이 스토리가 혹시나에서 역시나로 끝나지 않기를 기원
하고 있었다.

"너그 뭐 마실래?"

아이들은 서로 눈치만 살피고 있었다.

"커피! 블랙으로."

이 중요한 순간에 우유라고 외치는 것은 '나는 촌빨 날리는
놈이요.'라고 고해 성사 하는 것밖에 더 되겠는가. 커피라고 해
봐야 태어나서 총 5잔 정도밖에 마셔 본 적이 없는 나였지만 당
당하게 커피를 시켰다. 그 순간 내 옆에 앉아 있던 친구들은 기
어 들어가는 목소리로 말했다.

"나도!"

게임은 벌써 끝난 것이었다. 블랙커피를 최전선에서 앞장서
시키는 순간 이미 나는 다른 친구들보다 한 발자국 앞서 나가고
있었다. 허나 미팅이라는 것이 참 웃긴다. 세상 모든 일은 1등
부터, 2등, 3등의 순으로 차례대로 선택권이 주어지는데, 미팅
은 그렇지 않다는 것을 알게 되었다.

"자, 그라면 파트너는 어떻게 정하꼬? 아무래도 소지품으로 고르기 하는 기 낫겠제?"

모두들 고개를 끄덕끄덕. 상우는 제안이라는 형식으로 말했지만 이미 기선을 제압한 나에겐 제안이 아니라 암묵적인 협박처럼 느껴졌다. 첫눈에 내심 마음에 드는 아이가 있었지만 그것을 드러낼 수는 없는 노릇. 괜히 헛기침을 한 번 해 볼 뿐이었다.

그러나 그 아이는 나의 헛기침에 그 큰 눈망울로 한 번 스윽 쳐다보는 것이 다였다. 뭘 꺼내지? 갑작스러운 제안은 늘 혼돈이 오기 마련이다. 무엇을 꺼내 들어야 저 여자 아이의 필이 나에게 꽂히는지 도대체 알 수가 없었다. 진수는 회수권을 내밀었고, 현호는 가방에서 시집을 꺼내 테이블 위에 올려 두었다.

'잘한다. 고작 회수권이 뭐냐? 그리고 시집은 또 뭐야? 네 얼굴 자체가 무식인데 시집 꺼낸다고 유식하게 봐줄 줄 알아?'

그들과는 달리 무언가 비장의 카드를 꺼내서 혹하게 만들어 주고 싶었다. 그러나 5초의 시간 동안 최대한 머리통을 굴려 봐도 내가 가지고 있는 것 중에 마땅한 것이 없었다.

시간의 압박에 쫓기던 나는 어쩔 수 없는 선택을 할 수밖에 없었다. 나의 호주머니에서 나온 것은 아카시아라는 꽃 이름이 적힌 검은색 포장지의 껌 하나였다.

　나의 껌을 몰래 넘겨받은 상우는 '이런 중차대한 순간에 고작 껌이라니?' 하는 황당한 표정이었지만 아카시아의 꽃말의 위대함을 모르기에 그런 것이다. 아카시아의 꽃말은 우정, 순결, 깨끗한 마음이니 미팅이라는 우리의 만남에 아주 적절한 조치가 아닐까? 야구부에 헌신하느라 문화적 혜택에서 소외되었던 내가 아카시아의 꽃말을 어떻게 아냐고? 껌 종이 한 귀퉁이에는 얇고 작은 크기의 글씨로 꽃말이 떡 하니 박혀져 있기 때문이다.

　여자라는 동물은 꽃을 좋아한다는 공통점을 가지고 있지 않은가! 그러니 당연히 '미팅 테이블의 최고 인기 물건은 아카시아를 위장한 아카시아 껌이 아닐까?'라는 나만의 착각이 심했던 것일까?

　세 여인네의 손은 나의 껌 근처에는 얼씬도 하지 않고, 재빨리 시집 앞으로 향하고 있었다. 손 경주에서 재빠르게 선두를 차지한 여학생은 바로 내가 찜해 두었던 경진이라는 그 아이였다. 아뿔싸, 하고 후회를 하는 순간 다른 여자 아이 한 명은 미천한 회수권 한 장을 재빠르게 낚아챘고, 나의 아카시아 껌은 버려진 고아처럼 쓸쓸히 책무를 다하다 역시 고아처럼 선택의 기회를 박탈당한 지극히 마음에 안 드는 여학생의 손에 쥐어졌다.

"자, 자. 이제 파트너 정해졌으니깐에 신 나게 함 놀아 보재이."

상우는 자신의 여자 친구와 눈빛을 교환하고는 생뚱맞은 분위기를 전환하려는 노력을 보였다.

우리는 각자 자신의 잔을 들고는 파트너끼리 자리를 다른 곳으로 옮겼다. 그 아이는 정확하게 딱 내 스타일이었다. 내가 딱 싫어하는 스타일.

"안녕하세요, 귀순이라고 해요."

귀순이? 외모도 목소리도 귀순 용사의 그것과 닮아 있었다. 역시 이름 또한 자신의 외모와 성격과 닮게 되는 건가 보다. 거기다 애써 만들어 내는 어설픈 서울말이라니.

"준범 씨는 좋아하는 게 뭐예요?"

"네. 저는……."

도대체 준범 씨가 뭐야? 딱히 할 말이 없었다. 그리고 별로 말하고 싶지도 않았다.

너무나 뻔한 질문에 너무나 뻔한 대답이 나올 것 같아서 그냥 침묵으로 내 뜻을 전달하기로 했다. 각설하고. 나는 네가 마음에 안 들어.

30초 간격으로 45도 각도의 테이블 쪽을 흘깃 쳐다보았다. 찍어 두었던 경진이라는 아이와 그녀의 파트너가 된 현호의 동태를 살피기 위해서였다.

"하하~."

현호의 과장된 웃음소리가 간간히 들려올 때마다 신경이 날카로워지기 시작했다. 저 웃음은 그녀와 잘되어 가고 있다는 증거이기에. 나의 시선은 30초에서 20초, 20초에서 10초로 그 간격이 자꾸만 줄어들고 있었다.

"호호~."

이제는 그녀의 웃음소리까지 터져 나오기 시작했기 때문이다. 훔쳐보는 그녀의 왼쪽 모습. 어떻게 저렇게 예쁠 수가 있단 말인가. 그저 인간은 눈과 콧구멍에 비 안 들어가게만 생겼으면 되는데 말이다. 저렇게 예쁘면 보통 성격이 안 좋은 것이 기본 상식인데 그녀는 성격도 좋아 보였다.

머릿속은 다른 생각을 하고 있으면서 상대방의 말에 대답해야 하는 곤란함은 꽤나 힘든 일이었다. 그러는 사이 얼마간의 시간이 흘러갔고, 상우는 버뮤다 삼각지처럼 갈라져 있는 테이블을 오가며 정리 타임으로 들어가고 있었다.

"분위기 좋네. 인자 일나서 전부 고갈빗집에 가자. 이거 한

잔해야지."

같은 시간, 같은 장소에서 미팅이라는 거사를 치른 우리 셋의 표정은 전부 달랐다. 현호는 의기양양, 진수는 그럭저럭, 나는 의지 상실이었다.

각자 파트너를 대동하고 우리는 자리에 일어섰다. 상우는 앞장서면서 내 팔을 슬그머니 끌었다.

"준범아, 어떻던데? 마음에 들더나?"

"임마, 니 같으면 마음에 들겠더나? 괜히 나와 가꼬 이기 뭐꼬?"

상우는 당황한 표정이었다.

"에이, 임마. 미팅이 어데 오늘뿐이가. 마 맑은 샘물 한 잔 마시면서 다 이자 뿌라. 요 위에 고갈빗집 알제?"

고갈비. 고갈비라 함은 돼지고기냐, 소고기냐를 말함이 아니다. 갈비 하면 으레 돼지냐, 소냐를 생각하겠지만 여기서 말하는 고갈비라 함은 고등어를 갈비처럼 연탄불에 구운 것을 의미한다. 거창하게 말해서 고갈비지 쉽게 말하면 고등어구이인 것이다.

고갈빗집으로 향하는 내내 이런 생각을 떠올렸다.

'너무 분위기 험악한 것 아냐? 바로 옆에 후라이드치킨집도 있는데 왜 고갈빗집이야.'

물론 우리가 고갈빗집으로 향하는 데는 그것에 걸맞은 이유가 있었다. 고갈빗집은 오픈된 곳이 아니라 작은 골방 형식이어서 '아니, 고딩들이 술을 마신단 말이야?'라는 어른들의 쓸데없는 간섭에서 자유로울 수 있는 곳이었기 때문이었다. 신성한 미팅과 비린내 나는 고갈빗집은 전혀 조화롭지 못했지만 그것이 우리들의 정식 코스인 것을 어쩌겠는가.

"아줌마예, 안녕하십니꺼예. 지 왔심니더."

"아이고, 오늘은 친구들이 마이 왔네."

석쇠에 올려진 고등어를 연탄불에 굽고 있던 아줌마는 '오늘 매상 좀 되겠는 걸.'이라는 듯 환한 표정으로 우리를 맞이해 주었다. 상우는 제 집 드나들 듯 편한 폼으로 우쭐거리며 입장했고, 여학생들은 엉거주춤한 자세로 입장했다. 물론 상우의 여자 친구 민경이는 예외였지만.

자리에 앉자 공교롭게인지, 아니면 재수인지 모르지만 경진이는 나의 맞은편 정면에 앉게 되었다. 하지만 나는 그것을 재수로 받아들이지 않기로 했다. 친구의 파트너를 넘보는 것은 비겁자들이나 하는 철부지 짓이라는 것을 머릿속으로 10번을 되뇌었다. 이 시대의 지성인이라면 그건 당연히 해서는 안 될 행동이었다. 이왕지사 이렇게 된 것 오랜만에 재미있게 놀기나 하자.

마음을 고쳐먹고, 아니 마음을 비우고 고갈비와 소주에 내 남은 시간을 집중하기로 했다. 그런데 웬걸. 한 잔이 들어가고 다시 한 잔이 들어가자 집중력은 자꾸만 흐트러졌다.

내 앞에 앉은 경진이라는 그 아이가 시간이 지날수록 자꾸만 자꾸만 더 예뻐 보이기 시작하는 것을 어쩌란 말인가.

"준범아, 한 잔 해라. 내가 한 잔 주께."

술잔이 도는 사이 그 아이의 입에서 나오는 나의 호칭은 어느새 준범 씨가 아니라 준범아로 변해 있었고, 그 달콤한 말투에 나의 생각과 마음은 서로 다른 곳으로 화살표를 드리우기 시작했다.

"경진아, 자 니도 한 잔 해라."

내가 그녀의 잔에 술을 채울 때 그녀는 무척 쑥스러워했다.

"나는 술 잘 못하는데……."

나의 소주병과 그녀의 소주잔이 부딪치는 경쾌한 소리. 이 소리가 그토록 아름다운 하모니로 울려 퍼질 수 있다니. 그녀는 소주를 자신의 입술에 갖다 대기만 하고 가만히 잔을 놓았다.

맞은편에 앉은 우리들의 얼굴은 일본 원숭이의 엉덩이만큼 붉어져 갔다. 몰래 보는 삼류 에로 영화가 재미있고, 몰래 하는 나쁜 짓이 스릴 있듯, 몰래 마시는 술은 언제나 맛있다.

고갈빗집의 앉은뱅이 테이블엔 빈 소주병이 하나둘씩 늘어 갔다. 잠시나마 '미팅은 괜히 나왔잖아. 우루과이와의 축구 국가 대표 친선전이나 볼 걸.'이라는 생각을 했던 내가 어리석었다는 생각이 들었다.

우리들의 오른손은 더욱 바쁘게 움직이기 시작했다. 술은 술을 불렀고, 술은 보너스로 구토를 불렀다.

"웩, 웩……."

현호는 고갈빗집에서 정확하게 열 발자국 떨어진 전봇대에서 게워 내기 시작했다. 토사물에는 언급하고 싶지 않은 참으로 많은 것들이 서로 뒤섞여 있었다. 여자 아이들은 열심히 게워 대는 현호를 안쓰러운 눈빛으로 바라보았다. 상우는 현호의 등을 두드리면서도 여자 아이들에게 할 이야기는 다 하는 멀티 능력을 뽐냈다.

"너그들 먼저 가라. 우리가 현호 챙겨서 가께. 그리고 우리 다음 주에 또 보자. 알겠제."

여자 아이들의 입에서는 동시에 똑같은 목소리가 퍼져 나왔다.

"그래."

그 소리에 심히 걱정이 되기 시작했다. 내 파트너였던 귀순이의 목소리가 다른 친구들보다 20데시벨 정도는 더 높았기 때문이었다.

엉거주춤하던 여자 아이들은 손을 정겹게 흔들고는 뒷모습을 우리에게 보여 주었다. 나는 뒤돌아 가는 경진이의 긴 생머리에 대고 이렇게 환호성을 질렀다.

'야호! 현호야, 고마워.'

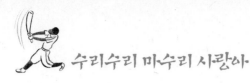

"준범아, 우리 지난번에 소개팅한 아들 다시 만나기로 했다. 니도 갈 끼제."

상우는 일주일도 채 지나지 않은 시점에 다시 그 아이들을 만나자고 제안했다.

"안 된다. 내는 공부해야 된다."

"공부는 그 아들 만나고 와서 해도 된다 아이가."

"머라카노. 너그들하고 내가 같나? 여자나 만나고 할 시간 업따."

상우는 넌지시 웃으며 도사 같은 말을 했다.

"준범아, 지금 행복해야 행복한 기다. 행복을 뒤로 미루지 마라."

내 옆에는 미팅에 같이 참가했던 현호, 진수가 서 있었다. 슬 그머니 눈치를 보았다.

"현호야, 니도 나갈 끼가?"

현호는 큰 눈을 껌뻑거리며 대답했다.

"그래. 토요일인데 집에 있으면 뭐할 끼고? 니도 가자. 토요 일 하루쯤은 쉬 주야 안 되것나?"

고민에 빠진 척했다. 내가 원하던 대답을 해 주는 현호가 너 무도 고마웠다. 경진이라는 아이도 그 자리에 나올 확률 99프 로. 오케바리였다.

"그래. 내도 머리 좀 식히지 머."

진수에게는 그 자리에 나갈지 묻지 않았다. 당연히 물어볼 필요가 없었으니까.

내가 나간다고 하니 제일 좋아하는 건 상우였다.

"그래, 준범아. 니가 안 나가면 무슨 재미가 있노? 혹시라 도 시내에서 다른 학교 아들하고 찡꼬라도 붙어 바라. 니가 있 어야지."

"오줌이나 좀 누고 와야 것다."

일어서면서 상우에게 눈짓을 했다. 상우는 나를 따라 나왔 다. 한 변기통에서 사이좋게 비스듬히 마주 보며, 오줌발을 크

로스시키며 작은 목소리로 말했다.

"상우야, 대신에 귀순이 가는 나오지 마라 해라."

"뭐라꼬. 와? 그러면 파트너가 안 맞다 아이가."

"임마, 니 같으면 다시 보고 싶것나?"

"물론 아이지."

상우는 상체의 미세한 떨림을 멈춘 뒤 말했다.

"그러면 민경이한테 일단 준범이 니는 사정이 있어서 몬 나온
다고 귀순이 가는 나오지 마라 케야 되겠네."

"글치. 바로 그기다."

상우는 나를 이상야릇한 눈빛으로 바라보며 말했다.

"4대 3이라. 야. 이거 묘한데. 니 우리 민경이한테는 눈독 들
이지 마라. 알것제."

"이 새끼 머라 하노? 내가 친구 애인이나 눈독 들이는 놈으
로 보이나?"

목소리에 힘주어 말했다. 약간의 찔림이 나를 괴롭혔다. 집
으로 돌아온 나는 머리 감고, 드라이 하고, 때 빼고 광냈다. 거
울 앞에서 실로 오랜만에 오랜 시간을 보냈다.

솜털처럼 가벼워진 발걸음으로 시내로 향했다. 그녀를 만나

기 10분 전. 사나이라면 반드시 10분 정도 먼저 나가서 여자를 맞이해야 하는 것 아닌가. 내가 도착했을 때는 상우라는 사나이가 또 한 명 있었다.

"오, 준범이. 멋진데. 니 또 형님 옷 째비 입고 왔제?"

"야야, 한집에 사는데 옷이 주인이 어데 있노?"

눈치 빠른 상우는 내가 조금 들떠 있는 것을 족집게처럼 찍어 내었다.

"니는 파트너도 없는데, 와 이래 좋아할꼬? 이해가 안 되는데, 이해가……."

'임마, 내가 누구니? 연애에 있어서는 너도 아무리 뛰어 봐야 내 손바닥 안이야.'라고 말하는 것 같았다. 내 속을 들켜 버린 것 같을 때의 민망함이란. 민망함을 느끼고 있는 사이 아이들은 속속 도착했다.

경진이었다. 간만에 내 삶에 홈런 같은 일이 벌어졌다.

"안녕, 준범아."

경진이가 내 이름을 가장 먼저 불렀다. 현호도 아니고, 다른 여자 아이들도 아니고, 그렇다고 상우도 아니고 내 이름을. 내 이름을 먼저 불렀다는 것은 무엇을 의미하는 걸까. 짧은 순간 행복해졌다. 그녀가 나의 이름을 불러 주기 전에는 나는 다만 몸짓 나부랭이에 지나지 않았지만 내가 하나의 의미가 되는 순간이었기에.

역시 작전대로 귀순이는 나타나지 않아 주었다. 이런 고마울 때가. 갑자기 귀순이도 꽤 괜찮은 여자일지 모른다는 생각이 들었다.

"준범인 집에 일이 있어 가꼬 원래 나올 수가 없었는데 내가 특별하게 사정해 가지고 나오라고 했다. 준범이가 있어야 재미있다 아이가. 어짜지? 귀순이한테는 따로 연락을 못 했제? 민경아."

상우가 미리 선수를 쳐 주었다. 그로써 나의 등장은 아주 자연스러운 일이 될 수 있었다. 갑자기 에너지가 충전된 나는 주도적인 모습을 보였다.

"우리, 어데로 가꼬?"

말해 놓고 생각해 보니 좀 이상하긴 했다. 다른 사람들이야 파트너가 있으니 우리지만 나는 우리라는 그룹에 해당되지도 않는데 말이다.

세 쌍의 우리와 우리가 아닌 나는 '엘리시온'이라는 커피숍으로 향했다. 이층 창문으로 시내를 지나다니는 사람들의 모습이 보이는 커피숍. 그곳의 분위기는 죽였고, 경진이는 더 죽였다.

다른 아이들과는 다른 분위기. 무언가 말로는 설명할 수 없지만 그런 분위기가 경진이에게서는 느껴졌다. 롤러장에서 만나 사귀었던 현경이나 선배의 억지 춘향 소개로 10번쯤 만나다 헤어진 윤희와는 전혀 다른 분위기가 느껴졌다.

그녀는 날라리도 아니었고, 웃을 때 손을 가리며 웃을 줄도 알았고, 경상도 사투리를 쓰면서도 내 귀에는 서울말처럼 들리게 하는 그런 분위기를 가지고 있었다.

갑자기 걱정이 되었다. 저 애가 내가 자기에게 관심이 있다는 걸 알면 어떻게 생각할까? 혹시 친구의 파트너인 자신에게 관심을 보인다고 이상한 놈으로 생각하지는 않을까?

남자 4명과 여자 3명이라는 남들에게는 조금 이상하게 보였을 팀은 조금도 이상하지 않게 즐겁게 수다를 떨어 댔다. 상우는 '널 그리며'라는 노래를 흥얼거리며 박남정의 기역니은춤을 따라 하며 여자들을 웃겨 주었다.

다시 한 번 깨닫게 되었다. 얼굴이 잘 생기지 않았고, 옷에서는 촌냄새가 풀풀 나는 상우가 예쁘고 세련되기까지 한 민경이와 사귈 수 있는 이유를. 여자 아이들은 역시 유머에 약하다는 사실을 실감한 나는 비장의 카드를 내밀었다. 나에게도 유머에 약한 한 여자의 관심이 필요했으므로.

"그대 이름은 바담 바담 바담……."

나는 김범룡의 〈바람 바람 바람〉이라는 노래를 혀 짧은 목소리로 바담 바담 바담 하고 불러 댔다.

웃었다. 그녀가 웃었다. 옆 자리에 앉아 있는 현호를 힐끗 보았다. 현호는 아무 말 없이 앉아서 이야기를 듣기만 할 뿐이었다. 현호의 유머 없음이, 수다스럽지 않음이 마음에 쏙 들었다.

우리는 자리를 옮겼다. 어김없이 술집이었다. 맥주를 마시기에는 돈이 부족했지만 맥주를 마시고 싶었던 우리는 '호프라고 하기에는 쑥스럽지만'이라는 간판을 단 술집으로 향했다. 호프가 아닌 선술집 같은 분위기의 그 집은 호프를 다른 가게보다 아주 싸게 파는 곳이었다. 술집 분위기보다 취한 분위기가 간절히 필요한 우리에게 딱이었다.

우리는 거침없이 호프를 시키고 소시지 야채볶음을 시켰다. 남자 아이들은 서로를 한 번씩 쳐다보았다.

'알지? 호프 한 잔에 소시지 야채볶음 하나 이상 먹으면 안 되는 거다.' 라고 내공이 쌓인 눈짓을 서로에게 건넸다. 누가 먼저 말한 것도 아니었지만 가격 대비 취함의 효능이 큰 소주 대신에 간 크게 호프를 선택한 우리의 암묵적인 법칙이었다. 있는 돈을 달달 긁어모아 회비를 마련한 우리에게 안주 추가는 치명적인 일이었기에.

"자, 건배!"

잔이 부딪치는 소리는 참 맑고 고왔다.

"와, 맛있다!"

여자 아이들은 소시지 야채볶음을 먹어 대기 시작했다.

"와, 맛있다."

남자 아이들은 맥주에는 늘 서비스로 나오는 새우깡과 이름도 모르는 이상한 구멍 난 과자를 먹어 대기 시작했다. 호프도 안주도 아껴 먹어야 한다는 것이 우리의 불문율이었으나 호프는 우리들 마음대로 되지 않았다.

"여기, 새우깡 좀 더 주세요."

안주 추가는 없고, 새우깡 추가만 있는 우리 테이블임에도 종업원은 전혀 싫은 내색이 없었다. 단련되었거나, 달관했거나 둘 중 하나리라.

"여기, 500 넉 잔요."

호프 한 잔을 추가해서 마실 때마다 앞에 앉은 경진이가 한 뼘씩 더 예쁘고, 귀엽고, 품위 있고, 심지어 섹시하게까지 보였다. 또 호프 한 잔을 추가해서 마실 때마다 현호의 눈치를 보고 있다는 사실을 느끼게 되었다.

'친구의 친구를 사랑했네.'는 있을 수 없는 일 아닌가.

"임마, 싸나이한테 여자가 머 중요하노. 여자들은 다 필요 없다. 남자는 의리, 우정 아이가. 너그만 있으면 된다."

이 말을 밥 먹듯이 했던 나. 우정을 목소리 높여 외치는 나의 인생사에 심한 먹칠을 하는 일이 생길 수도 있겠다는 걱정이 발동을 걸기 시작했다.

맥주를 마신 사람은 정확하게 두 종류로 나뉘게 된다. 취하거나, 오줌 마렵거나. 운동을 못하는 현호는 취하거나였고, 운동으로 단련된 나는 오줌 마렵거나였다. 그러나 참고 참았다. 현호가 화장실에 가는 시간까지. 세상의 모든 일은 용감하게 부딪쳐야 한다. 하지만 그런 용기가 없을 때는 술의 힘을 빌려야 한다.

그래서 세상의 소주병과 맥주병이 동나도록 팔려 나가는 것 아닌가. 현호가 화장실에 가려고 일어남과 동시에 나도 따라 일어섰다. 그냥 갈 수 없어 한 멘트 날려 주었다.

"내 화장 좀 하고 오께. 너그들한테 예뻐 보일라면 분칠 좀 하고 와야 안 되것나?"

여자 아이들의 반응은 굿이었다. 현호를 따라 화장실로 갔다.

우리는 변기 앞에 나란히 섰다. 나는 혀가 약간 꼬인 척 했다.

"아, 취한다. 맥주도 묵으니 취하네."

나보다 더 혀가 꼬인 현호가 말했다.

"그라면, 맥주도 술인데 취하지. 임마."

현호의 동태를 살폈다. 기분이 괜찮아 보였다. 이때다 싶었다.

"야, 현호야. 니 자 마음에 드나?"

"누구? 경진이? 뭐, 그저 글네."

그저 그렇다고? 나는 화가 났다. 경진이 같은 아이를 그저 그렇다니. 바보가 아닌가 싶었다. 하지만 생각해 보니 화낼 일이 아니라 감사해야 할 일이었다.

땡큐, 베리 마치. 현호의 빈틈을 여지없이 공략했다.

"내는 저런 스타일이 좋던데."

"글나? 니 마음에 들면 함 대시해 보지?"

은근히 기다리던 그 말을 이렇게 잽싸게 해 주다니.

"진짜가?"

"그라면 진짜지."

술기운 때문인지, 아니면 영 관심이 없는 건지 현호는 너무도 너그러웠다.

"그라면 내 저 아하고 사귀도 되나?"

"그래, 니 마음대로 해라."

어깨에 짊어지고 있던 무거운 배낭을 벗어던진 것 같은 느낌이 들었다. 하지만 현호는 지극히 현실적인 말을 덧붙였다.

"저 아가 니를 좋아할지는 모르지만."

이런들 어떠하리, 저런들 어떠하리. 화장실에서 아이들이 있는 자리까지의 거리를 솜털을 밟고 가는 듯한 가벼움으로 걸어갔다.

돌아와 자리에 앉았다. 사랑을 위해 우정을 버리지 않아도 된다는 안도감. 나의 사랑은 드디어 레디 고다.

학교를 다니고 공부만 하기에도 벅찬 내 삶. 그런 내 삶에 무게가 하나 더 늘어났다. '나의 마음을 어떻게 고백해야 할까?' 라는 고민 하나가 내 삶에 생뚱맞게 끼어든 것이다. 몸은 책상에 앉아 공부를 하고 있는데 마음은 책상이 아닌 경진이의 마음을 향하고 있었다.

세상에 쉬운 일은 하나도 없었다. 연애도, 공부도. 나에겐 공부가 발등에 떨어진 불이었지만, 연애 또한 발등에 떨어진 불이었다. 이건 선택의 문제가 아니었다. 어느 것 하나를 버리기에는 내 청춘이 너무 눈부셨다.

'사람은 누구나 나는 잘할 수 있을 거야.'라고 스스로를 과신하곤 한다. 나 역시 그랬다. 공부도, 연애도 둘 다 열심히 잘할

수 있을 거라고 스스로를 위로했다. 하지만 그것은 정말 위로
에 불과했다.

나는 무엇이 더 급한지 생각했다. 아무리 생각해도 연애는
지금이 아니면 안 될 것 같았다. 대학이야 열심히 공부해서 가
면 되는 일이니 그래도 조금은 덜 급하게 느껴졌다. 상우의 힘
을 빌리기로 했다.

"상우야, 경진이하고 자리 함 만들어 도."

"짜석, 몸이 달아올랐구만. 알것다. 친구 좋다는 기 뭐고."

상우는 민경이와의 만남에 경진이를 함께 나오도록 작전을
짜 주었다.

'기회를 놓치면 사나이가 아니다.'라고 속으로 외치며 느닷없
이 약속 장소에 나갔다. 경진이는 꽤 놀라는 눈치였다.

"야, 우리 대공원에 놀러 가자. 커피숍에 가서 뭐 하겠노. 대
공원에 길다방 커피 죽인데이."

상우의 제안에 룰루랄라, 따라갔다. 대공원에 도착한 후, 공부
를 제외하고 모든 면에서 치밀한 상우의 진면목을 볼 수 있었다.

"너그는 걸음이 느리가 안 되것다. 우리 먼저 갈란다. 너그
는 알아서 따라온나."

상우는 민경이의 어깨에 손을 올린 후 빠른 걸음으로 걸어갔다. 영문 모르는 민경이는 공중 부양한 것처럼 다리가 들려 상우에게 이끌려 갔다.

우리는 두 뼘 정도의 거리를 두고 걸어가기 시작했다. 어색한 침묵도 함께 걸어가기 시작했다.

"준범아, 니는 야구 왜 그만두었는데?"

경진이가 처음으로 나에게 던진 개인적인 질문이었다.

"응. 있다 아이가."

프로 야구가 처음 생겨났을 때부터 한때 나의 우상이었던 박철순이 입었던 OB베어스의 흰 유니폼에 매료된 것까지 이야기를 줄줄이 비엔나소시지처럼 이어 나갔다. 꿀 먹은 벙어리가 말문이 트이면 더 무서운 법.

영화로 만들면 아카데미상은 충분히 받을 법한 나의 인생 스토리를 들려주었다. 경진이의 표정은 감동까지는 아니라도 꽤나 진지했고, 가끔씩 고개도 끄덕여 주었다. 한참 이야기를 주고받자 우리 사이에 그어져 있던 알 수 없는 줄이 어느새 지우개로 지워진 듯했다.

"상우 임마는 어데 갔지?"

"그러게."

상우를 두리번거리며 찾았으나 아무리 찾아도 보이지 않았다.

'자식, 너무 오버하는 건데?'

'웬만한 이야기는 다 끝냈는데, 이 정도에서는 나타나야 되는데, 이제는 딱히 할 말도 없는데.'

우리는 벤치에 앉았다.

"경진아, 커피 한잔 할래? 내가 자판기 가서 뽑아 오께."

두 손에 종이컵 하나씩을 들고 벤치로 갔다. 이번이 기회라는 생각이 들었다. 나는 결심했다. 손에 힘이 들어갔다. 하마터면 뜨거운 커피가 든 종이컵을 그대로 구겨비릴 뻔했다.

"맛있제? 경진아."

"응."

어색한 질문과 대답 후에는 어김없이 어색한 침묵이 이어졌다.

"경진아, 사실은 내 니한테 고백할 끼 있다."

경진이는 내 쪽으로 눈을 향했다.

"있다 아이가. 사실은 내 니 처음 봤을 때부터 니가 좋았다. 니가 현호 파트너 되어서 진짜 기분이 안 좋았다. 처음에는 그래서 니 생각 안 할라 캤는데 자꾸만 생각나더라."

결눈질로 경진이의 반응을 살폈다.

"현호한테는 쪼금 미안하지만도 우짜겠노. 내는 니가 좋은 거를."

와 용감하다. 한번 앞으로 전진하고 나니 더 이상 후퇴는 필요 없었다.

"파트너도 아닌데 와 이라노, 하고 니가 욕해도 좋다. 니가 내하고 안 사귄다 해도 된다. 그라면 내 혼자 좋아하지 머."

말은 용감하게 했지만 비겁하게 계속 눈치를 살폈다.

"준범아, 사실은 사실은 있잖아. 나도 처음 니 봤을 때 인상이 참 좋았다."

'인상이 좋았다.'

이것은 '나도 너를 좋아했다.'라는 공식과 똑같은 말 아닌가. 만세. 야호. 예스. 브라보. 세상에 존재하는 감탄사는 모두 내뱉고 싶었다. 좋아한다, 사랑한다, 이런 말보다 인상이 참 좋았다는 멋진 표현으로 나를 감동시키는 저 로맨틱함.

"그, 그라면 우리 인자 사, 사귀자."

경진이는 대답 대신 오른손으로 나의 왼쪽 팔뚝을 살며시 "톡." 하고 쳤다.

'그래, 알았어. 너도 대찬성이란 말이지?'

내 마음대로, 나 편한 대로 해석했다.

짝사랑이 아닌 사랑. 나의 사랑은 드디어 진짜 레츠 고다.

우리는 몇 번을 더 만났고, 서로에게 호감을 느끼기 시작했다. 그러던 중 경진이에게서 편지가 왔다. 그 편지를 들고 아무도 나를 찾을 수 없는 곳으로 몸을 숨기고 싶었다. 나 혼자만이 알 수 있는 비밀스러운 장소에서 그녀의 편지를 읽고 싶었던 것이다. 그러나 고작 찾아간 곳은 나의 방구석이었다.

누군가는 날카로운 첫 키스의 추억이라고 이야기했지만 첫 편지가 더하면 더했지 덜할 거라는 생각은 들지 않았다. 휴, 하고 한숨을 내쉬었다. 두근거리는 가슴을 진정시키고 편지를 뜯었다. 편지에는 시 한 편이 적혀 있었다.

'아주 오래 전 바닷가 어느 왕국에 당신이 알지도 모를 한 소녀가 살았지. 그녀의 이름은 애너벨 리. 나를 사랑하고 내 사랑을 받는 일밖엔 소녀는 다른 아무 생각 없이 살았네.'로 시작되는 에드거 앨런 포의 '애너벨 리'라는 시를 그녀는 적어 보내 주었다.

바닷가 왕국에서 서로 사랑을 나누었고, 그들의 사랑을 질투한 천사들이 그녀를 죽게 했고, 결국 나는 파도 소리만 들리는 바닷가 무덤가에서 그녀를 지키고 있다는 애절한 시. 시를 보고 난생 처음 눈물이 맺혔다. 그리고 나 또한 시의 주인공처럼 경진이를 지켜 줘야겠다고 맹세를 했다.

답장을 써야지. 그런데 언제 편지라는 것을 써 본 적이 있었던가. 무슨 말부터 적어야 하는 건지 고민해 봐도 쉽사리 답이 나오질 않았다.

'사랑하는'이라고 적었다가 지웠다. 다시 '사랑하는 경진이에게'라고 적었다가 편지지를 구겼다. 사랑이라는 말을 꺼내기가 쑥스러웠다. 그래서 라디오에서 들은 것을 써 먹기로 마음먹었다. 종이를 꺼내서 연필로 숫자 4개를 적었다.

'4444'

사랑하는 사람이, 사랑하는 사람에게. 이것이 4444가 가진 의미다.

가수 겸 DJ인 이문세의 '밤을 잊은 그대에게, 이문세입니다.' 라는 멘트로 시작되는 라디오 방송에서 이 4444에 대해 처음 들었다.

나도 한 애청자가 보냈다는 엽서를 읽어 주던 이문세가 4444에 대해 설명하기 전까지는 '4444가 뭐야? 죽을 4가 네 번이나 겹치니 재수가 엄청 없다는 뜻 아니야?' 하고 생각했다. 그런데 이것의 의미가 '사랑하는 사람이, 사랑하는 사람에게.'라는 것을 듣고 '아!' 하고 고개를 끄덕였다. '다음에 나도 써 먹어야지.' 하고 연습장에 적어 둔 것은 물론이다.

'이 숫자가 사랑하는 사람이, 사랑하는 사람에게를 뜻한다는 것을 경진이도 알고 있을까, 만일 모르면 어쩌지?' 하는 생각이 들었다.

그러나 경진이가 누군가. 유행의 최첨단을 달리는 아이요, 가슴 저미는 노래는 모조리 다 알고 있는 감성 소녀 아닌가. '이런 뜻을 경진이가 모를 리는 없다.'라고 스스로를 안심시키며 경진이에게 보낼 편지를 적어 내려가기 시작했다.

그런데 마음은 무언가를 계속 써 내려가는데 종이는 백지 상태 그대로였다. 한참을 멍하게 있었다. 시도 아는 게 없었고, 멋진 말도 생각나지 않았다. 에이 내 수준에 무슨.

폼 잡고 쓰지 않고 그냥 내 머릿속에서 생각나는 대로 쓰기로 했다. '너를 처음 보았을 때'로 시작되는 글을 쭉 써 내려갔다. 방학 일기 숙제도 아닌데 한 바닥을 꽉 채웠다. 읽어 보려고 하다 말았다.

읽어 보면 못 부칠 것 같아서 딱풀로 붙이고 편지 봉투를 닫아 버렸다. '수리수리 마수리 사랑아 이루어져라.'라는 주문과 함께.

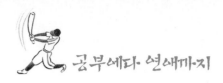

누가 사랑이 공부에 방해가 된다고 했던가. 사랑은 내 인생의 상비약이 되어 주었다. 내게 사랑은 있으면 몸의 활력소가 되어 주지만 없다고 해서 죽지도 않는 비타민 같은 것이 아니었다. 희망 하나 없던 내게 희망을 주는 상비약. 그것이 내겐 사랑이었다. 경진이와 사귀기 시작하면서 공부에 더욱 열중했다. 이유는 단 하나. 경진이가 나에게 던진 이 한 마디 때문이었다.

"준범아, 열심히 공부해서 꼭 대학에 가."

"야, 한자로 참을 인 자는 어째 쓰노?"

짝인 기중이가 적어 준 한자 忍 자를 가슴에 새겼다. 그리고 책상에도 새겼다. 칼로. 엉덩이가 근질근질해지고, 어깨가 결려 올 때면 그 참을 인 자를 한 번씩 쳐다보며 참아 냈다.

체력 하나는 끝내주는 나는 선생님의 말도 충실히 따랐다. 하루에 4시간 이상 자지 않는 강행군이 시작되었다. 비록 중학교 2학년 국어 교과서를 들고 공부를 시작했지만 말이다.

"임마, 기초가 땡실해야지 땡실한 성적이 나오는 기다."

"선생님, 그래도 쪽 팔리게 중학교 국어 교과서를 어째 봅니꺼?"

"중학교 국어 교과서 안 보고 나올 니 등수가 더 쪽팔리는 기다, 임마."

비정상의 손은 피아니스트 같았다. 거칠지 않고 부드럽게 그리고 아주 자연스럽게 꿀밤이 날아왔다.

"지금부터 교과서에 있는 시 내일까지 다 외워 온다."

"네? 이걸 우째 다 외웁니꺼예?"

"어쭈, 눈 부릅뜨네. 못할 거 같지? 내일 할 수 있는지 못하는지 보자."

그놈의 못할 것 같지는 비정상의 18번 멘트다.

"1학년 끝날 때 30등 안에 안 들면 니는 다시 상과반으로 보내 뿔 끼다."

저것도 협박이라고. 참 내. 그런데 진짜 신기한 일이다. 내

일이 오지 않기를 바라던 나에게 내일은 어김없이 찾아왔고, 국어 교과서는 신기하게도 외워졌다. 몽둥이의 위력은 실로 대단했다. 몽둥이가 없었으면 외워지지 않을 시도 몽둥이와 함께라면 어김없이 외워졌으니 말이다.

어느새 중학교 2학년 국어 교과서는 비정상의 '야, 교과서 78페이지 한번 외워 봐.'라는 소리가 떨어짐과 동시에 자동적으로 음성이 흘러나오게 되었다. 한 가지 고마운 점은 그래도 비정상은 소설만은 외우게 하지 않았다는 점이었다.

사랑도 공부도, 오랜만에 내 인생에서 중요한 두 가지가 순항하고 있었다. 물론 나는 그리고 우리는 학창 시절의 낭만 정도의 일탈 행위는 해 주었다. 훗날 내 인생을 반추해 볼 때 어느 정도의 반항이 없었다면 어찌 '아, 참 아름다운 시절이었지.' 하고 감탄사를 내뱉을 수 있겠는가.

야자에서 튀기 위해 끊임없이 교문을 노렸고, 머리 잘리기 싫어 도망 다녔고, 담배와의 전쟁을 선포한 학생 주임과의 숨바꼭질을 멈추지 않았다.

오래 전에 죽었다는 제임스 딘의 영화 '이유 없는 반항'과는 달리 우리의 반항은 늘 이유 있는 반항이었다.

복도에서 뜀박질을 하는 것은 만주 벌판을 호령했던 고구려 선조들의 위엄을 본받았기 때문이었다. 머리 깎기 싫어하는 것은 일본의 억압으로 강제로 단발령을 내렸던 고종의 아픔을 잊지 않고 민족정기를 지키고 싶었기 때문이었다. 담배를 피우는 것은 국내 경기 진작을 위해 공기업인 담배인삼공사를 적극 밀어 주는 차원이었다.

나는 반항과 공부를 일삼으면서 연애까지 하는 멀티플레이를 충실히 수행해 냈다. 비록 남이 보면 '가지가지 한다.'라고 하겠지만 말이다.

비정상은 자주 우리에게 공부에 대한 자신의 지론을 이야기했다. 그는 너무도 뚜렷한 공부관을 가지고 있었다.

"공부는 인생의 전부가 아이다. 너그가 크서 돌아봐라. 공부 그거 별 거 아일 끼다. 그런데 있다 아이가. 그 별 거 아인 거를 정복 몬 하고 쩔쩔 매면 그거는 또 뭐꼬? 별 거 아인 것도 정복 몬 하는 사람이 어째 큰 거를 정복하겠노? 공부를 열심히 하는데도 몬하는 거는 용서가 된다. 그런데 열심히 안 해서 공부를 몬하는 거는 용서가 안 된다."

정말 맞는 말이었다. 공부가 인생의 전부가 아닌 것은. 그러나 세상 사람들 중에는 공부가 인생의 전부라고 목 놓아 외치는 사람들이 너무도 많다. 결국 사회는 공부 못해서 대학에 못 가면 인생의 실패자로 낙인을 찍어 버리고 마는 것이다. 열심히 했건 안 했건 그건 중요하지 않고 그 사람이 어느 대학에 갔는지 결과만 놓고 보는 것. 그것이 세상의 사람 판단법이 아닌가.

비정상은 한마디 덧붙였다.

"내가 너그들한테 하고 싶은 말이 먼지 아나? 너그들 나이 30살이 되면 내한테 찾아와 아마 이래 이야기할 끼다. '쌤예, 사회에 나와 보이 공부가 제일 쉬웠던 것 같아예.' 그때 후회하지 말고 지금 열심히 해라."

공부가 제일 쉽다는 어이없는 말이 어디 있는가. 대부분의 아니, 모든 고딩들에게 공부는 최고 어려운 일이다. 다만 가끔씩 대학생이 되어서 미팅도 마음대로 하고, 소피 마르소의 미모 정도 되는 여자 친구 팔짱 끼고 다니고, 뒷머리를 잔뜩 기른 맥가이버 머리도 해 보고, 부모님이나 선생님 눈치 안 보고 마음대로 술도 마셔 보는 상상력의 힘으로 고딩 시절을 버티는 것뿐이다.

쥐구멍에 볕 들 날이 있을지 없을지 모르지만 볕 들 날을 상상하면서 견디는 것뿐이다. '버티고, 견디고 그러다 보면 좋은 날이 오겠지.' 하고, 미래의 낙관에 기대는 인생. 나도 그런 대부분의 고딩 중의 하나일 뿐이었다.

어렵고, 고단하고, 힘들고, 짜증나고, 포기하고 싶지만 그래도, 하며 다시 한 번 마음을 고쳐먹다가 내 하루도 흘러가고 있었던 것이다.

"날은 춥고, 바람은 불고. 아이고, 우리도 벌써 2학년이네."

그랬다. 빨리 가지 말라고 애걸복걸해도 시간은 자기 마음대로 잘만 흘러갔다.

"야, 준범아. 우리 나이가 벌써 18살이데이. 니 아나? 무하마드 알리가 1960년 로마 올림픽에서 라이트헤비급 금메달을 딴 게 바로 18살 때였다는 거 말이다. 근데 우리는 지금 이기 머꼬? 공부한다고 교실 구석에 처박히가."

18살. 2학년. 나에게 우리에게 새롭게 주어진 명함이었다.

"씨바, 2학년이 별거가. 열씨미 하면 되지."

'열심히'에 악센트를 유난히 세게 하는 상우에게 핀잔을 주었다.

"문제는 니는 열심히 안 한다는 거 아이가."

"내한테 너무 많은 거를 바라지 마라. 학교에 꼬박꼬박 오제. 야자 땡땡이 안 치제. 이 정도면 장땡아이가."

"맞다. 학교 안 때리 치우고 잘 다니 주는 건만 해도 어데고. 부모님들하고 샘들은 욕심이 너무 과하다."

48명이던 우리 반 친구들 중 4명은 퇴학과 자퇴라는 명목으로 학교를 떠나 인원이 44명으로 줄어든 상태였다. 일명 1퇴, 3자였다. 아이들이 퇴학을 당하든, 자퇴를 하든 학교는 달라지는 것이 하나도 없었다. 언제 그랬냐는 듯이 정상적으로 돌아갈 뿐이었다.

집단에서 벗어나면 결국 손해는 당사자가 볼 수밖에 없는 것이 학교와 사회의 냉혹한 현실이었다.

"야, 2학년 시작인데 우리 반 아들 수가 44명이네. 4자가 둘 겹친다. 이거 예감이 좀 불안한데."

내가 생각하는 바를 상우가 이야기했다.

"야이 바보야, 니가 알라가? 그런 미신 믿게. 니는 노스트라다무스인가 스프레이인가 하는 놈 종말론 같은 거 믿제?"

"어? 니 어째 알았노? 1999년에 진짜 종말이 오겠나?"

"아나, 이거나 무라."

오른손 가운데 손가락을 곧추 세우며 상우의 눈앞에 갖다 대었다. 하지만 알고 보면 그것은 나에 대한 경고였는지도 모른다. 노스트라다무스의 1999년 7월 종말론을 믿고 싶지 않았다.

하지만 나의 그런 의지와는 달리 나의 머리에는 자꾸만 종말론이 떠올랐다.

사실 44라는 숫자도 찜찜했다. 말을 안 꺼냈었으면 모르겠는데 내가 생각하고 있는 것을 상우가 말을 꺼내자 더 불안해졌다.

나는 미신을 많이 믿는다. 아니 믿을 수밖에 없는 환경에서 자라났다. 나의 미신 신봉은 야구부 시절부터 생겨난 것이다.

야구부 시절, 나는 경기가 있는 날이면 달걀을 절대로 먹지 않았다. 닭이 알을 까는 것처럼 가랑이 사이로 공을 흘려보낼까 봐 경기가 있는 날에는 달걀을 먹지 않았다. 미역국 또한 공이 미끄러울지 모른다는 막연한 상상 때문에 먹지 않았다. 경기장에 가는 버스 안에서는 단 한순간도 창가에서 눈을 떼지 않았다. 졸음이 오면 허벅지를 꼬집으며 졸음을 쫓곤 했다. 혹시나 장의차나 똥차를 볼 수 있지 않을까 하는 불안 때문이었다. 장의차나 똥차를 보면 그 날 경기에 이긴다는 징크스가 있었다.

경기장에 들어서면 팬티를 항상 뒤집어 입었다. 그래야 마음이 편안했고, 더 큰 이유는 시합에 지고 있더라도 팬티를 뒤집어 입고 있으면 언제든 경기를 뒤집을 수 있다는 나 혼자만의 미신 때문이었다.

그러니 미신이나 예언술 같은 것에 민감한 것은 어쩌면 당연한 것인지도 몰랐다. 그러나 그런 불안감을 다 떨쳐 버리기로 했다. 불안한 44의 저주일지라도 내게는 휘파람 불면서 2학년을 시작할 수 있는 이유가 생겨났기 때문이다.

고딩 2학년이 시작되는 즈음 드디어 중학교 국어 교과서를 자랑스럽게 다 독파한 것이다. 한 송이 국화꽃을 피우기 위해 봄부터 소쩍새는 그렇게 울었고, 나는 중학교 국어 교과서를 마스터하기 위해 비정상의 회초리와 뺨따귀를 앞에 두고 그렇게 교과서를 달달 외워 댔었다.

그 결과로 고딩 2학년을 자랑스럽게 맞이하게 된 것이다. 물론 나는 목표를 업그레이드시켰다. 고등학교 졸업이 아닌, 대학 입학으로 당당히 목표를 상향 조정한 것이다.

하지만 2학년이라는 시간은 참 애매한 시간이었다. 고등학교라는 새로운 관문에 들어왔기에 새로운 의욕으로 가득 차는 1학년. 대입이 바로 코앞에 닥쳤기에 혈혈단신으로 두문불출하며 공부와 너 죽고 나 살자고 달라붙는 3학년.

그런데 2학년은 도대체 무엇인가. 가끔씩 시험이란 이름으로 긴장감을 불어넣기는 하지만 2학년은 1학년 때의 굳은 결의

도, 3학년이 가지는 몰입도 없는 참으로 길고 지루한 시간들의
연속이었다.

공부를 한시도 소홀히 할 수 없는, 그렇다고 해서 당장 인생
에서 승부가 결정 나지도 않는 지루하고 고단한 시간들. 공부를
하며 시간은 흘러갔고, 연애를 하며 시간은 흘러갔다. 인생은
이럴 때도 있고, 저럴 때도 있다.

공부 잘될 때도 있고, 안될 때도 있고, 연애 잘될 때도 있고,
싸울 때도 있고. 그렇게 아침밥, 점심밥, 저녁밥을 꼬박꼬박 챙
겨 먹으며 2학년을 건너가고 있었다.

"경진아, 이번 주 일요일에 경주 놀러 가자. 보문단지 죽인
다 카더라."

황금 같은 일요일. 경진이에게 제안했다.

"경주? 한번 생각해 볼게."

생각은 무슨. 자기도 좋으면서. 네 얼굴 보면 다 안다구.

"보문단지 단풍이 그렇게 좋다네. 오랜만에 콧구멍에 바람
한번 쐬어 줘야지."

"알았어. 그러지 뭐. 계획은 확실히 세워 둬."

그래. 과도하게 튕기는 것도, 그렇다고 해서 하자면 하자는

대로 넙죽 허락하는 가벼운 여자도 아닌 것이 너의 매력이야.

　버스를 타고 고속도로를 달렸다. 여행이라고 하면 모름지기 기차 여행이지만 우리는 고속버스를 타고 경주로 향했다. 이유는 단 하나. 기차역보다는 고속버스 터미널이 각자의 집에서 더 가까웠기 때문이었다.

　우리는 낭만보다는 현실을 택한 것이다. 기차면 어떻고, 고속버스면 어떠랴. 너와 함께라면 이것도 좋고, 저것도 굿이다. 그녀를 만나면 마음의 노폐물이 걸러지는 듯했다. 그녀는 내 마음의 성형외과였다.

　버스를 타고 가는 내내 나는 음모를 꾸미고 있었다. 나와 경진이의 연애 역사를 바꿀 음모. 일명 기습 뽀뽀 타임.

　이런 음모를 세운 것은 상우의 놀림 때문이었다.

　"야, 준범아. 니 경진이하고 뽀뽀해 봤나?"

　"안 해 봤다."

　"아이고, 바보야. 아직 뽀뽀도 안 했나?"

　"본래 사랑하면 아끼 주는 기다 임마. 내는 경진이를 너무너무 사랑하기 때문에 아끼 주는 기다."

　나는 너무를 너무 과도하게 강조했다.

"웃기지 마라. 임마. 아끼다 똥 된다."

"이 새끼가, 똥 된다가 뭐고? 음식이가?"

"아, 그 말은 취소고. 하여튼 여자들은 희한한 동물이데이. 니가 뽀뽀 안 해 주면 지를 안 사랑하는 줄 안데이."

"그거는 또 무슨 택도 없는 소리고?"

상우는 검지를 곧추 세우고 이러저리 흔들었다.

"니는 아직 여자에 대해 몰라도 너무 모른다. 여자들은 끊임없이 남자의 사랑을 확인하는 존재데이. 니가 손도 안 잡아 주고, 뽀뽀도 안 해 주면 자기한테 무관심하다고 생각하는 기라."

상우의 말을 조금 더 들어 보기로 했다.

"여자들은 있다 아이가. 저그들끼리도 뽀뽀했는지 안 했는지 물어본데이. 그래가꼬 안 했다먼 니가 사랑 안 하는 기라고 그만 헤어지라 한데이."

"진짜가?"

"그라먼 임마, 민경이도 경진이한테 그래 말했을지도 모른다. 빨리 니도 뽀뽀해야 된다. 어이구. 만난 지가 얼만데 아직 뽀뽀도 안 했노? 니가 무슨 부처가?

상우의 말에 고개를 끄덕였다. 인정.

버스는 경주 톨게이트를 지났다. 조금만 더 가면 버스는 터미널에 설 것이고 시동도 꺼질 것이다. 버스와는 반대로 나는 드디어 작전에 시동을 걸기 시작했다. 경진이를 한번 떠보기로 했다.

"경진아, 우리 경주 온 기념으로 뽀뽀 함 하자."

"준범아, 너는 다 좋은데 그런 모습은 질색이야."

"야, 니 내 안 좋아하나?"

경진이는 말이 없었다.

"니, 내 좋아한다 아이가? 맞제?"

경진이는 고개를 가만히 끄덕였다.

"좋아하는 사람끼리는 손잡아도 되제?"

다시 끄덕끄덕.

"손잡을 수 있는 사이는 뽀뽀해도 되제?"

절래절래.

"손잡는 사이하고 뽀뽀하고 무슨 상관이야?"

참 논리적이다. 이런 물음에는 그냥 고개를 끄덕여도 그만인데. 하기야 내가 생각해도 전혀 맞지 않는 논리이긴 했다. 여하튼 오늘만은 반드시 뽀뽀를 하겠다는 의지에 불타고 있었다.

단풍이 물들지는 않았지만 선선한 바람이 불어오는 좋은 가을날. 우리는 자전거를 타고 보문단지를 돌았다.

초등학교 시절 수학여행 이후 경주는 두 번째였다. 불국사와 석굴암, 첨성대를 다녀온 기억은 있지만 보문단지는 내게 새로운 곳이었다.

연인들은 자전거를 타고 호수를 돌며 밀어를 속삭였다. 경치를 살펴보았다. 그리고 경진이의 눈치를 살펴보았다. 무방비 상태만 포착되면 어김없이 입술을 들이대리라.

"경진아, 저쪽에 한번 가 보자."

경진이는 내가 자전거를 이끄는 곳으로 잘 따라왔다. 호랑이 굴로 들어오는 줄 토끼 경진이는 느끼지 못하고 있었다. 나의 온 신경은 사람들의 눈에 띄지 않는 곳, 사람들의 왕래가 없는 곳, 생애 처음의 거사를 치르기에 분위기가 적당한 곳을 찾는 데 맞춰져 있었다.

은행나무가 주위를 감싸고 있는 멋진 분위기의 하늘색 벤치. 자전거 도로에서 보면 살짝 보일 듯 말 듯 한 곳이었기에 안성맞춤이었다.

"와, 자전거 타는 것도 되네. 경진아, 우리 저 벤치에서 좀 쉬자."

"응."

우리는 자전거를 세우고 벤치에 앉았다.

"야, 오랜만에 경주 오니까 좋다."

"나도."

산들바람이 불어오고 내 마음에도 헛바람이 불어왔다. 경진이의 눈치를 살피기 시작했다. 하지만 예상 외로 타이밍은 쉽사리 찾아오지 않았다. 아니 타이밍인지 아닌지를 판단할 수가 없었다. 이런저런 의미 없는 대화만 오갔다.

"준범아, 공부하기 힘들지?"

"응, 좀 글네."

사실을 말하고 싶었다. 네가 빈틈을 주지 않아 뽀뽀를 못 해 힘들다고. 시간이 갈수록 더욱 초조해졌다. 이러다 오늘도 기회를 놓쳐 버리고 말 것 같았다.

상우는 내 기억 속에서 잔소리를 해댔다.

'이 바보야. 여자는 뽀뽀 안 해 주면 자신을 사랑 안 하는 줄 안단 말이야.'

조금만 있으면 경진이가 일어나자고 할 것이고, 에라 모르겠다.

"경진아."

"왜?"

경진이가 얼굴을 돌리는 순간 뽀뽀를 해 버렸다. 불시에 입술 검문을 해 버린 것이다. 내가 생각해도 참 무드 없는 방법이었지만 고심 끝에 시도한 방법이었다.

경진이의 놀란 눈동자가 보였다. 서로 눈이 마주친 것이다. 영화에서 보면 서로가 눈을 지그시 감던데 우리의 현실은 그것과 너무 엇나가 있었다.

1초. 2초. 3초. 시간은 천천히 흘러갔다. 움직임 없이 동작 그만인 상태였다. 경진이도 마찬가지였다.

내가 먼저 입술을 뗐다. 또 아무 말 없이 시간이 흘러갔다. 건너편 호숫가를 바라보았다. 경진이는 고개를 숙이고 있었다.

"경진아. 일어나자."

경진이의 손을 잡고 일으켰다. 경진이의 손이 참 따뜻했다. 우리는 자전거를 놔 두고 걷기 시작했다.

생각보다 가슴이 쿵쾅거리지도 않았고, 구라가 심한 친구들이 이야기하곤 했던 하늘이 노래지는 것도 느끼지 못했다. 그냥 꽤 괜찮았다. 단지 보문단지 입구에서 하나씩 씹었던 츄잉껌 냄새가 날 뿐이었다. 괜한 미소가 펌프질되었다.

나는 뽀뽀인지 키스인지 모를 것을 했다고 해서 평생 경진이를 책임지겠다는 맹세 따위를 하는 것은 유치찬란하다고 생각하는 놈이다. 하지만 그것으로 인해 경진이를 더욱 아껴 주겠다는 맹세는 했다.

버스에서도 우리는 꼭 잡은 두 손을 놓지 않았다. 버스를 타고 부산으로 돌아오는 내내 경진이에게 솔직히 묻고 싶은 것이 하나 있었다. 누가 물어보면 옹졸한 남자라고 할지 모르지만 이 질문에 대한 대답을 꼭 듣고 싶었다.

'경진아, 내가 너의 첫 키스 맞니?' 하고.

경주에서의 날카로운 첫 키스의 기억. 그 기억은 잘 찍은 흑백 사진처럼 남았다.

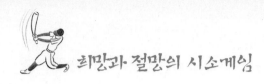
희망과 절망의 시소게임

"야구는 9회 말 투 아웃부터다."

비정상이 성적표를 나누어 주는 날이면 이 말이 떠올랐다.
이 말보다 더 나를 완벽하게 매료시켰던 말이 또 있었던가!

야구부 안 감독이 야구부원들을 모아 놓고 가끔 목에 벌건 핏
대를 세우면서 하던 이 말. 어쩌면 우리에게는 궁지에 몰린 생
쥐들이 고양이의 목에 방울을 달 때의 무모함을 불러일으키게
하는 그런 종류의 말일지도 몰랐다. 그러나 안 감독은 솔선수범
해서 그 말이 진짜라는 사실을 증명해 보여 주지 않았는가!

대부분의 고등학교 야구 감독들은 대학을 졸업했다. 그리고
한때는 국가 대표 아니면 청소년 대표라도 했을 정도의 네임 밸
류는 가지고 있는 사람들이었다.

하지만 안 감독은 달랐다. 우리 고등학교를 졸업한 선배로서 대학을 당당하게 입학하지 못했고, 할 일이 없어 빌빌거리다가 아주 어린 나이에 우리 학교 야구부 코치라는 전국 최저 임금 노동자의 길로 들어섰던 사람이었다.

우리는 안 감독이 고등학교 시절 3할대의 타율 근처에도 가본 적이 없는, 화려하다 못해 어이없는 경력의 소유자였다는 것을 이미 선배들의 입을 통해 알고 있었다. 코치 시절 감독이었던 유대충 감독이 성적 부진으로 학교와 동문회의 압력으로 물러날 찰나였다.

그때 지금은 감독 명함을 달고 있는 당시의 안 코치는 뻔뻔스러운 양손 비비기 실력으로 신화를 일구어 냈다. 감독으로 턱도 없는 경력과 어림 반 푼어치도 없는 지명도를 가지고 있었지만 안 감독은 탁월한 아부 정신을 가지고 있었다. 그리고 자신보다 높은 지위를 가지고 있는 사람이라면 누구에게나 90도 인사 각도를 유지하는 철저한 공경심을 가지고 있었다.

많은 사람들이 감독으로 하마평에 오르고 있을 때, 안 감독은 그 조그만 빈틈을 파고들어 교장과 야구부 후원회장의 마음을 따내고 말았다. 무주공산으로 표류하던 감독 자리를 차지하여 오늘날 대동아상고의 야구부 감독이라는 자리에 오른 것이다.

그런 안 감독이 '야구는 9회 말 투 아웃부터다.'라며 인생 역전의 가능성을 교주처럼 제시하는 데 일개 고등학교 야구부원에 불과한 우리가 어떻게 그 말을 성경처럼 따르지 않을 수 있는가. 원래 사이비 교주일수록 신도들의 광기는 더욱 빛을 발하지 않는가.

안 감독이 '야구는 9회 말 투 아웃부터다.'라고 외치는 날엔 우리는 'YES, I CAN! YES, WE CAN!'을 맹목적으로 따라 외치게 되었다.

야구와 인생에는 공통점이 많다. 하지만 나는 야구를 그만둔 후부터 야구는 9회 말 투 아웃부터다, 라는 그 말을 어처구니 나라의 명언으로 치부하기 시작했다.

도대체 9회 말 투 아웃의 대역전승이 무슨 의미가 있는가?

우리가 인생을 80살까지 산다고 가정하자. 인생에서 9회 말을 나이로 가정하면 아마 72살 즈음일 것이다. 거기다 투 아웃이면 76살이나 77살 즈음? 그때에 우리나라에서 제일 돈 많은 정주영이 되면 무엇하고, 민둥머리 전두환처럼 대통령이 되면 무엇하랴? 죽도록 고생하고, 죽도록 노력하고, 안 죽을 만큼만 잠을 자면서 공부해서 그렇게 늦은 나이에 성공한들 무엇하랴?

18살 내 인생에 9회 말 투 아웃은 더 이상 아무런 의미도 없었다. 그 명언은 더 이상 나의 인생에 아무런 자극을 주지도 못했다. 물론 나이에 상관없이, 상황에 상관없이 최선을 다하다 보면 멋진 승리를 이끌어 낼 수 있다는 것이 그 명언의 요지겠지만 그 말을 떠올릴 때면 절망적이었다.

18살의 나는 야구에서 3회 말쯤에 와 있는 인생이었다. 내 인생이 이제 겨우 3회 말 정도이기에 앞으로의 노력 여부에 따라 역전승을 하기에 충분하다. 그러나 문제는 내 인생 스코어는 다른 아이들에 비해 너무도 큰 차이로 지고 있다는 점이었다.

내 인생에서는 3회 말의 만루 홈런이나, 그것도 신이 허락해 주지 않는다면 3루타 정도가 절실하게 필요한 시점이었다. 고작 안타 하나하나씩 보태어 경기를 승리로 이끌 수 있는 상황이 아니었던 것이다. 그런 생각을 하고 있으면 앞이 잘 보이지 않는 갑갑함이 몰려왔다.

"전부 상춘곡 외아 온다. 이틀 뒤에 검사한데이. 이틀 뒤에 몬 외아 오면 알제?"

어김없이 비정상의 엄명이 떨어졌다. 2학년 교과서에 나오는 조선 문인 정극인의 작품 〈상춘곡〉.

'홍진에 묻힌 분내 이내 생애 엇더훈고 녯 사룸 풍류를 미츨가 못 미츨가.'로 시작되는 미로같이 복잡한 문장. 길이는 또 얼마나 긴가. 우리 반 아이들은 한숨이 습관이 되어 버렸다. 44명 중, 정확하게 42명이 똑같은 어조, 똑같은 볼멘 목소리로 외쳤다.

"미쳤나? 내는 몬 외운다. 씨바. 배째라."

그래. 18살의 청춘들에게 가장 쉬운 것. 그것은 몸으로 때우기다. 그것은 그다지 커다란 노력도 필요하지 않는 일이기 때문이다. 그저 약간의 인내만 있으면 모든 것이 만사 오케이가 되는 일이다.

하지만 그 무대포 정신도 가끔씩은 후회를 가져오고 만다. 몸으로 때우는 대상이 비정상일 때는 말이다. 패자는 늘 우리들 몫이었다. 결과는 그냥 외우느냐, 맞고 안 외워도 되느냐가 아니었다. 결과는 늘 그냥 외우느냐, 외울 때까지 맞느냐였다.

2학년이 되면서 우리는 모의고사라는 시험을 치기 시작했다. 그런데 신기하게도 모의고사를 칠 때면 우리가 외운 부분에서 꼭 3문제 정도는 나왔다. 그것도 괄호 채우기로. 국어에 전혀 소질이 없는 친구들도 그 문제만은 딱딱 맞추어 내곤 했다.

"봤제? 이래 문제가 딱 안 나오나. 내가 머 너그 노가다 시킬

라꼬 외우라 핸 줄 아나? 시키면 시키는 대로 하는 거. 그기 돌대가리 너그들이 대학 가는 방법이다. 알것나?"

그러나 문제는 그 외의 문제들은 신통방통하게도 잘 틀린다는 점이었다.

"우째, 너그는 이런 문제도 틀리노? 암만 봐도 너그는 방법이 없다. 머리가 나쁘면 손발이 고생이라 했제. 남들 하는 것보다 더 마이 공부하는 거밖에는 도저히 방법이 엄따. 그런 의미에서 우리 야간 자율 학습 시간을 10시 30분까지로 늘리까?"

집에 가려면 버스를 두 번 갈아타야 하는 현호가 손을 번쩍 들어 말했다.

"선생님예, 안 되는 데예. 우리 집 가는 버스 끊기는데예."

"꼭 공부 몬하는 놈이 핑계도 많아요."

우리에게는 특별한 방법이 없었다. 족집게 비법도, 속전속결식 암기 비법도, 우리에게는 다 적당하지 않은 방법이었다. 그런 방법들은 어느 정도 실력이 탄탄한 친구에게만 통하는 방법이기 때문이다.

결국 우리들은 비정상이 외우라고 하면 눈에 불을 켜고 외우고, 10시까지의 엄격한 야자 시간을 견뎌 낼 수밖에 없었다. 그럼에도 불구하고 우리들의 성적은 영 신통치 않았다. 쭉 계속해서.

　2학년이라는 시간은 그렇게 흘러갔다. 공부하다가 자주 놀고, 경진이와 사귀다가 미팅에도 한번씩 나가면서. 공부를 하면서도 늘 불안했다. 그리고 생각에 잠기곤 했다.

　'내가 지금 이 자리에서 1년 내내 엉덩이를 떼지 않고 공부한다면 대학에 갈 수 있을까?'

　그런 생각을 할 때면 누군가 내 머릿속으로 들어와 낙서를 하는 것처럼 온통 검은색으로 머리가 장식되는 느낌이었다. 어휴, 하는 한숨이 자꾸 흘러나왔다.

　'내가 만일에 야구를 하지 않고 다른 아이들처럼 초등학교, 중학교, 고등학교 과정을 정상적으로 밟아 왔다면 지금 어떻게 되었을까?'

　처음 야구를 하게 된 이유를 떠올렸다. 1982년 3월 27일, 우연히 켠 텔레비전에서는 프로 야구 개막전이 열리고 있었다. 프로 야구의 창단은 내게 하나의 경이로운 사건이었다. 거인 복장, 청룡 복장, 사자 복장, 슈퍼맨 복장, 곰 복장, 호랑이 복장을 한 사람들이 그라운드를 뛰어다녔고 함성은 동대문 운동장을 뒤덮고 있었다.

삼성 라이온즈와 MBC 청룡의 개막전 경기는 손에 땀을 쥐게 하는 명승부였다. 본래 야구 경기를 좋아했던 나는 그 흥미진진한 경기를 한순간도 놓치지 않고 있었다. 경기는 7:7로 승부를 가리지 못하고 연장전에 돌입했다. 10회 말 투 아웃에 주자는 만루 상황. 이종도 선수가 타석에 들어섰다. 딱, 하는 소리와 함께 공은 하늘 끝까지 치솟는 듯했고 만루 홈런. 그것은 말로는 도무지 설명할 수 없는 한 편의 감동의 어퍼컷 드라마였다. 쩍 벌어진 입을 다물 수 없었다.

다음 날부터 어머니를 조르기 시작했다. MBC 청룡의 어린이 회원이 되게 해 달라고. 그러나 어머니는 단 한 마디로 거절 의사를 분명히 밝혔다.

"어린이 회원 가입비가 얼만데?"

"오천 원이라 카던데."

"뭐? 오천 원? 와 그래 비싸노? 안 된다."

온갖 감언이설이 섞인 맹세로 어머니를 설득했다. 정확하게 기억나진 않지만 '하루에 책을 5권 이상 읽겠다.', '다음 시험에는 무조건 국어, 산수, 사회, 자연 모두 100점을 맞겠다.', '하루에 한자 50개를 외우겠다.' 등 나의 역량과 노력의 한계를 뛰어넘는 것들이었다.

결국 MBC 청룡 회원 가입을 허락 받았다. 어머니에게 오천 원을 받아 든 나는 MBC 청룡 어린이 회원이 되는 방법을 알아 보았다. 그런데 MBC 청룡 어린이 회원을 모집하는 부산 MBC 방송국은 우리 집에서 버스를 한 시간이나 넘게 타고 가야 하는 먼 거리였다. 어머니가 혼자서 버스를 한 번도 타본 적이 없는 내가 혼자서 그곳까지 가도록 허락해 줄 리 만무했다.

'친구들과 함께 가겠다.', '어머니가 데려가 달라.' 등 갖은 묘 안을 짜 보았지만 어머니는 이번에는 끝까지 설득당하지 않았 다. 내 인생 처음으로 절망적인 순간이었다.

이미 프로 야구에 꽂혀 버린 나는 다른 방법을 찾아 헤맸다. 우리 반 남자 아이들 중 몇 명은 벌써 멋진 롯데 자이언츠의 하 늘색 티셔츠를 입고 다니고 있었다.

롯데 자이언츠 어린이 회원 가입 시기를 놓쳐 버리자 더욱 마 음이 조급해졌다. 어서 빨리 회원에 가입해서 폼 나게 야구 점 퍼를 입고 다녀야 하는데 그게 딱 막혀 버린 것이다. 안절부절. 이대로 MBC 청룡 회원 가입을 하지 못하고 하루하루가 그냥 지나가는 것을 용납할 수 없었다.

"준범아, 우리 OB 베어스 회원 가입할래? 부산 백화점에서

OB 베어스 어린이 회원 모집한다는데?"

귀가 번쩍 뜨였다. 부산 백화점이라면 우리 집에서 걸어서 20분이면 충분한 거리가 아닌가. 조급증으로 말미암아 그날 그 친구와 당장 부산 백화점으로 달려가 당당하게 오천 원을 내고 회원 가입을 했다.

다음 날 나는 학교에 빨간색과 흰색의 조화로움이 넘쳐 나던 OB 베어스 야구 점퍼를 입고 나타났다. 그때 그날 아이들이 부러워하던 눈길을 지금도 잊을 수가 없다.

그날 이후 한 달간 단 하루도 빠지지 않고 그 야구 점퍼를 입고 다녔다. 한 가지 신기한 사실은 프로 야구계에서 다크호스도 되지 않았던 OB 베어스가 내가 회원 가입을 한 후 승승장구하기 시작한 것이었다.

쫙 빠진 다리, 모자 사이로 살짝 삐져나온 곱슬머리, 큰 키에서 내리꽂는 차원이 다른 직구. 바로 슈퍼스타 박철순이 등장한 것이다.

그해 OB 베어스는 막강 삼성 라이온즈를 제치고 기대도 하지 않았던 우승을 차지했다. 한국 시리즈 6차전, 김유동의 만루 홈런으로 경기는 극적 드라마로 끝나고 말았다.

1982년 만루 홈런으로 시작하여 만루 홈런으로 끝난 프로 야구의 여운. 나는 1982년 시즌이 끝나던 그 순간 원대했던 꿈을 바꾸고 말았다. 대통령에서 프로 야구 선수로.

1983년 프로 야구의 열풍은 광풍으로 바뀌었고, 각 초등학교에서는 야구부가 우후죽순으로 창단되었다. 물론 우리 초등학교도 그 광풍에 동참하지 않을 수가 없었는지 야구부가 창단되었다. 나는 선착순으로든 실력으로든 야구부에 들어가지 않을 수 없는 정신 상태가 되어 있었다.

야구 카드 모으기, 타율과 방어율 외우기, 신문에서 좋아하는 선수 사진 오리기, 아이스크림 속에 든 프로 야구 선수 스티커 모으기 등 나의 하루 일상은 전부 야구와 관련되어 있었기 때문이다.

입단 테스트. 20명의 야구부원을 뽑는데 80명이나 몰렸다. 입단 테스트라고 하면 거창해 보이지만 사실 어렵지 않은 것이었다. 실력으로 뽑는 것이 아니었기 때문이다. 야구부 감독으로 내정된 사람이 입단 테스트에 앞서 이런 말을 했다.

"야구는 돈이 많이 드는 운동이데이. 야구 글러브, 야구 배트, 스파이크 같은 거는 전부 너그들 집에서 사 주야 되고, 간식비 같은 회비도 마이 내야 된데이. 저그 집 형편이 안 되는 사람은 야구부 몬 한데이."

감독의 이 말 한 마디에 떠나지 않고 자리에 남은 아이는 18명. 사나이가 뚝심이 있지. 우리 집 형편은 생각하지 않고 끝까지 자리를 지킨 나는 간단하게 야구부로 선발될 수 있었다. 그러나 야구에 대한 나의 핑크빛 사랑은 환상에 불과했다.

"이 새끼야, 공 똑바로 안 잡아?"

"허리 낮추란 말이야. 임마, 니 대가리는 돌대가리가? 와 한 번 이야기 하면 몬 알아듣노?"

태어나서 한 번도 들어 본 적 없었던 거친 욕과 공을 놓치면 어김없이 날아오는 감독의 히프 방망이질. 야구는 즐거운 것이 아니라 무서운 것이 되고 말았다.

세상은 약육강식의 공식이 존재하는 곳. 무서운 곳이 되지 않기 위해서는 실력을 기르는 수밖에 없었다. '야구 없이는 못 살아. 정말 못 살아.'를 외치던 아이들은 야구하기 싫다고 목소리를 높이기 시작했다. 하지만 야구부를 그만두는 친구들은 거의 없었다.

인생의 아이러니. 그것은 무슨 일이든 한 번 발을 디디면 쉽사리 발을 뺄 수가 없다는 것이다. 야구부에 들어오기는 쉬웠지만 빠져나가는 것은 무척 어려운 일임을 우리는 느낄 수 있었던 것이다. '나는 중학교 가서는 진짜 야구 안 할 거다.'라던 나와 친구들의 희망은 무참히 깨졌다.

감독이 스카우트라는 명목으로 우리를 중학교에 한꺼번에 몰아서 야구 특기자로 보냈기 때문이다. 초등학교 때 우리 야구부원 전체가 한 명도 야구를 그만두지 않고 몽땅 같은 중학교 야구부로 가게 된 것이다.

"너그는 죽인다. 중학교 공납금, 육성회비 안 내제. 체육 특기생이제. 명문 중학교제. 얼마나 좋노?"

좋기는 뭐가 좋단 말인가. 공납금, 육성회비보다 최소한 다섯 배는 많은 야구부 회비를 내야 했고, 체육 특기생임을 확인해 주는 건 종이 쪼가리 한 장에 불과한데 말이다. 거기다 명문 중학교는 중학교 입시가 존재하던 호랑이 담배 피던 시절의 옛날이야기일 뿐이었다.

누가 내 인생을 마음대로 한다는 것은 납득할 수 없는 일이었다. 하지만 자의 반, 타의 반으로 중학교에 가서도 야구를 계속할 수밖에 없는 납득할 수 없는 신세가 되고 만 것이었다.

중학교에서 야구를 한다는 것은 자신의 미래를 야구에 건다는 것을 알리는 출발 신호이다. 오전 수업만 의무적으로 때운 후 오직 야구만 하기 때문이다. 중학교에서는 감독의 매질보다는 선배들의 매질이 무서웠고, 하루에도 열 번은 야구를 그만두겠다고 생각했지만 결국 실천에 옮기지 못했다. 알다시피 결국 나는 고등학교 1학년 때 야구에 백기를 들고 항복 선언을 하고 말았다.

나는 지나온 내 과거에 대해 타임머신을 타고 다른 상황을 가정해 생각해 보곤 했다. 인생에서 후회는 버스 지나간 뒤에 손 흔드는 것만큼이나 어리석은 일이다. 하지만 누구도 후회를 자신의 인생 방정식에서 지우지 못하고 살아가고 있다.

인생에 있어서 가정이라는 것은 없다. 그러나 누구나 한 번쯤은 만일 내가 그때 그런 선택을 하지 않았더라면, 그때 그 일을 하지 않고 다른 일을 했더라면 하는 생각을 해 보게 된다.

선배들의 매질이 무서워 하루에 열 번이나 야구를 그만두겠다고 머릿속으로만 생각하던 것을 단 한 번이라도 실천에 옮겼다면 어떤 일이 일어났을까?

체육 특기자라는 웃기지도 않은 명함으로 감독이 야구부원들을 한꺼번에 몰아 중학교로 보낼 때 '나는 중학교에 가서는 야구를 하지 않고 공부를 하겠습니다.'라고 밝혔다면 어떤 일이 일어났을까? 야구부 감독이 야구부는 돈이 많이 드는 운동이라고 말했을 때, 우리 집 형편을 생각해서 효자의 심정으로 자리에서 일어났다면 어떤 일이 일어났을까? 1983년, 우리 초등학교에 야구부가 생기지 않았다면 어떤 일이 일어났을까? 1982년, 한국 시리즈에서 김유동 선수가 만루 홈런을 치는 극적인 상황이 아니라 포볼로 인해 경기가 끝나는 밋밋한 상황으로 프로 야구 원년 경기가 끝났다면 어떤 일이 일어났을까? OB 베어스 어린이 회원 모집 기간이 끝나 버려서 내가 OB 베어스 점퍼를 입고 다니지 못했다면 어떤 일이 일어났을까? 개막전 삼성 라이온즈와 MBC 청룡의 경기에서 10회 말 연장전에 이종도 선수가 만루 홈런을 치지 않고 삼진을 당했다면 어떤 일이 일어났을까? 1982년 3월 27일, 우연히 켠 TV에서 프로 야구 개막전이 나오지 않고 연속극이나 축구 경기가 나왔다면 어떤 일이 일어났을까?

이 중에서 단 한 가지라도 현실로 일어났다면 나는 아마 운동장에서 내 청춘을 보내지 않고 교실에서 내 청춘의 눈부신 시간을 보냈을지도 모른다. 물론 야구를 하지 않았다고 해서 내 인생이 지금보다 훨씬 나을 것이라고는 장담할 수 없는 일이지만 말이다.

인생극장. 그 극장에서는 다시 되돌리기를 해서 자신이 걸어온 길과는 다른 결정을 할 수 있도록 허락되지 않는 법이다.

그러나 그런 상상도 해 보지 못한다면 인생이 너무 팍팍해지는 일일 것이다. 비록 만족할 만한 결과를 내지 못하더라도 어쩌겠는가. 인생에 있어서 그 어떤 결과든 그것은 자신의 무한 책임인 것을.

야구를 시작한 것도 나의 결정이었고, 야구를 끝낸 것도 나의 결정 아니었던가. 공부를 해도 성적은 나를 외면하고 있는 이 곤란함의 연속.

이 곤란함과 복잡함을 해결해 주는 마취제는 오직 하나뿐. 그건 바로 담배였다. 햇살이 따스하고 하늘이 푸르른 날, 혹은 비가 오는 날, 또는 흐린 날, 그리고 그 이외의 날들에 우리는 담배를 피웠다.

"담배야. 고맙데이. 괴로우면 위로해 주고, 즐거우면 뽕 가게 해 주고. 니가 내 마음을 제일 잘 안다."

상우는 학교 뒤편 소각장에 쪼그리고 앉아 담배로 도넛을 만들고 있었다. 나도 옆에 쪼그리고 앉아 담배를 피우며 상우의 수다에 위안을 받았다. 비정상과의 금연 약속을 살짝 깬 것이다. 하지만 '하루에 4시간 이상은 절대 자지 말 것!', '국어 교과서 중 외워 오라는 부분을 모두 외워 올 것!' 이 두 가지는 정확하게 지키고 있지 않은가. 야구로 치면 6할 6푼 6리라는 고타율의 인생 성적을 기록하고 있으면 된 것이 아닌가. 학교 뒤편 소각장에서 선생님들 눈치 보며 몰래 담배를 피우고 있는 내 자신이 갑자기 초라하게 느껴졌다. 웬 센티멘털인가 싶겠지만 18살 나이에는 불쑥 찾아오는 예고 없는 신경통 아닌가.

"하늘은 와 이래 높노. 햇살은 또 와 이래 눈부시노. 씨발. 우리는 여서 머 하는 기고. 상우야. 우리한테도 쨍하고 해뜰 날이 오겠나?"

"해뜰 날 당연이 오지. 해뜰 날 안 올 거 같으면 우리가 와 지금 이 시간에 초빽이 치고 있겠노."

상우를 보며 키득 웃었다.

"남들 욕한다 임마, 니가 우리 반에서 제일 공부 열심히 안한다 아이가."

"임마, 니 사회에서 제일 필요한 기 먼 줄 아나. 바로 성실성이다. 내가 결석하는 거 봤나? 내가 44명 중에 40등 이하를 줄기차게 달리고 있다고 사회에 나가면 성공 몬 할 것 같나. 웃기지 마라. 나는 학교에서 공부보다 더 중요한 성실성을 배우고있기 때문에 내는 성공할 끼다."

"나는 대학 몬 가면 성공 몬 한다고 본다."

상우가 담배꽁초를 땅에 비비며 말했다.

"물론 대학 가면 좀 더 유리하것지. 공부 잘하는 놈들 중에도 인간 같지 않은 놈 만타. 내는 대학 못 가도 성공할 수 있다. 그런데 니는 다르데이. 니는 대학 꼭 가래이. 니는 대학 갈 끼다."

나는 담배꽁초를 땅바닥에 비벼 끄며 말했다.

"말이 쉽지. 대학은 뭐 입학금만 내면 받아 주는 데가? 상우야. 공부 와 이래 힘드노. 씨바. 공부해도 성적은 내를 외면하고, 마 다 때리치우고 싶다. 공부고 뭐고 다 포기하고 싶다."

상우에게 투정을 부리며 위로받고 싶었다. 그런데 상우는 정색을 했다.

"포기? 포기라꼬?"

그러더니 나에게 의미 있는 말 한 마디를 했다. 처음에는 웃어넘겼지만 되새겨 보니 그 말은 나에게 의미심장하게 다가왔다.

"임마, 니가 공부 얼마나 했다고 포기고. 살아가면서 포기라는 말은 그래 쓰면 안 되는 기다. 포기라는 단어는 살아가면서 딱 한 경우만 써야 되는 기라. 배추를 헤아릴 때에만 그 단어를 쓰고 절대 쓰면 안 된다 알것나?"

"자식, 하여튼 갖다 붙이기는."

그렇게 말했지만 상우가 말한 포기는 배추 헤아릴 때만 쓰는 것이라는 그 말이 자꾸 머릿속에 맴돌았다.

　포기. 포기. 포기. 희망. 희망. 희망. 둘 중에 어느 것을 선택하느냐의 문제일 뿐이었다. 어디 나쁨이겠는가. 세상 모든 갈등과 선택은 여러 개 중의 한 개가 아니라 둘 중 하나일 뿐이다. 그래서 더 어려운 것 같았다. 하지만 선택할 수 있는 답은 간단했다. 야구도 실패했는데 공부까지 포기해 버리면 내 인생이 너무 초라해질 것 같았다. 그래, 포기하지 말자! 포기하지 말자! 얼마나 했다고 포기를 하나! 나는 다시 일어서기의 명수가 되고 싶어졌다.

　"준범아, 니 앞으로 내 앞에서 포기한다는 말 하면 친구로서 니 가만 안 둘 끼다. 니는 독종이다 아이가. 니 딴 야구부놈들이 롯데 자이언츠 가서 초등학생들한테 사인 팍팍 해 주고 이라면 배알 꼴리 것제. 지금처럼 독하게 공부하면 니는 대학 꼭 갈 끼다. 그것도 전문 대학 말고 4년제 대학. 그라면 '와. 준범이 절마 대단하네.' 하고 사람들이 니를 우러러볼 끼다."

　상우의 말 한 마디는 내게 희망 사전이 되었다. 상우는 나의 좁쌀만 한 가능성을 야구공만 하게 뻥튀기 해 주는 멋진 놈이었다. 상우는 콧노래를 흥얼거리기 시작했다.

　"꿈을 안고 왔단다. 내가 왔단다. 슬픔도 괴로움도 모두 모두 비켜라. 안 되는 일 없단다. 노력하면은. 쨍하고 해뜰 날 돌아온단다."

가끔씩 텔레비전에서 흘러나오던 구식을 지나 구닥다리 같던 그 노래는 바로 나의 정수리 깊숙이 꽂혀 버렸다.

집으로 돌아오는 길. 나는 상우의 판박이가 되어 있었다.

"안 되는 일 없단다. 노력하면은. 쨍하고 해뜰 날 돌아온단다."

18살, 나는 그네처럼 희망과 절망을 오가고 있었다.

쉬는 시간, 밥을 먹고 있었다. 평온하게, 아주 평온하게. 쉬는 시간만이 유일하게 밥을 먹을 수 있는 여유로운 시간이다. 점심시간은 항상 축구로 예약되어 있었기에 우리에게 점심시간의 진짜 명칭은 공부하느라 부족한 체력을 기르는 시간이었다.

"준범아, 상과반 아가 니 찾는데?"

"누군데?"

아랑곳하지 않고 밥을 계속 먹고 있었다.

"니가 준범이가?"

"일마야, 니는 눈알이 없나? 내 이름표 여 안 보이나? 와 확인 사살 하노?"

앉은 상태에서 최대한 거만한 표정으로 그 아이를 올려다보았다. 그것이 진학반을 지키는 일진으로서 취할 행동이었기 때문이다.

"니, 혹시 경진이라는 아 아나?"

모르는 놈이 남의 애인 이름을 거론하다니. 심기 불편 그 자체였다.

"근데? 와?"

"니하고 어째 되는데?"

"뭘 어째 돼 임마. 이 새끼 웃기는 놈 아이가. 니가 그걸 와 묻는데?"

도무지 이해가 되질 않았다. 이게 도대체 무슨 시추에이션인 거야. 나는 단 한 가지가 이해되었다.

이런 상황에서는 뚜껑이 열릴 수밖에 없다는 것이다. 일어서면서 그놈의 오른쪽 볼을 주먹으로 가격했다. 정확하게.

나의 심기를 건드린 반사적인 행동이었다.

"이런 싱거운 새끼를 봤나. 머 이런 놈이 다 있노."

더 이상 그놈을 때릴 가치를 느끼지 못했다. 상우도 이 장면에서는 참을 수 없었나 보다.

"가라, 이 새끼야. 밥 먹고 그래 할 일이 없나. 남의 여자 친구는 와 묻노?"

그놈은 한 대 맞은 것이 대수롭지 않은 듯 일어섰다.

"경진이가 니 애인이가?"

이 자식이 미쳤나 싶었다. 이상한 놈이 나타나 나와 경진이 사이를 묻는 것이 짜증이 났다. 내 입에서 나온 말.

"와, 애인 아이다 개새끼야. 꺼지라."

그런데 돌아서서 가는 그놈의 반응에 나는 멍해졌다.

"휴, 다행이다."

'휴? 다행이다?'

도대체 이게 뭘 의미하는가. 경진이와 내가 애인 사이가 아니라고 말한 것이 그놈에게 왜 다행인가. 머리가 복잡해졌다. 짜증이 밀려왔다. 길거리에서 똥을 밟았을 때보다 기분이 더 더러웠다.

"준범아, 어째 된 기고?"

"나도 몰라. 아, 열 받네."

죄 없는 책상을 발로 걷어찼다. 잘못 조준한 탓인지 죄 없는 내 발등이 아파 왔다.

"내가 함 알아보께. 민경이 만나서 어째 된 일인지 알아보 꾸마."

"마, 됐다."

이틀 후, 집으로 전화가 걸려 왔다. 부모님이 받으시기 전에 잽싸게 뛰어가 전화를 받았다. 예감 적중. 경진이였다.

경진이는 모른다. 이틀이 나에게 얼마나 긴 시간이었는지. 경진이는 모른다. 이틀간 나는 공부도, 생활도 뒤죽박죽 엉망진창이었다는 것을.

"준범아, 시영이라는 애가 너를 찾아갔다면서."

내 목소리에서 상냥함은 사라진 지 오래였다.

"근데?"

"그 아이 좀 이상한 아이다. 신경 쓰지 마라."

신경 쓰지 마라? 무언가 이상했다. 어떻게 신경이 안 쓰이며, 신경을 안 쓸 수 있는 일이 아니지 않은가.

사실, 그날 오후에 상과반에 올라가 그놈을 족치고도 싶었다. 어퍼컷 한 대와 발길질 한 대를 선사하며 아작을 내고 싶었다. 도대체 왜 나에게 그런 질문을 하는지, 너는 경진이를 어떻게 아는지 주리를 틀어 이실직고하게 만들고 싶었다. 그런 마음을 아는 건지, 모르는 건지 신경 쓰지 말라니.

"알았다. 니도 내 신경 쓰지 마라. 끊는다."

"어, 어, 준범아."

귓가로 멀어지는 음성을 뒤로 하고 전화를 끊었다.

며칠 후, 학교 앞으로 나를 찾아왔다. 경진이가 아니라 민경이가.

"준범아, 그거 아무 일도 아니다. 화 내지 마라. 경진이가 얼마나 걱정하는 줄 아나?"

민경이는 경진이의 대변인이 되어 있었다. 나는 입을 꾹 다물고 있었다.

"사실 그 시영이라는 아는 RCY 봉사 활동 하면서 알게 된 아다. 너그 학교 RCY 단원이거든. 알다시피 너그 학교하고 우리 학교하고 RCY 조인트 하잖아. 봉사 활동 하면서 몇 번 봤는데 그 아 지 혼자 경진이 좋다고 막 그래 샀는다 아이가."

"됐다. 그만해라. 그리고 경진이가 안 오고 와 니가 오노? 뭐 캥기는 거 있다더나?"

"아니, 그게 아니라. 아무 것도 아닌데 니한테 해명하는 기 이상하기도 하고. 그리고 또."

"됐다. 그만하라 카이."

냉정하게 말을 끊었다. 더 이상 듣고 싶지도, 그것에 대해 말하고 싶지도 않았다.

"말 다 했제. 나는 갈란다."

시영이라는 놈하고 아무런 공감 없이 그런 일이 일어났을 거라고 믿기지 않았다. 나만의 착각일지도 모르지만 자꾸만 생각하니 그것이 사실인 것으로 믿어졌다. 공상은 착각을 만들고, 착각은 의심을 만들고, 의심은 사실로 완벽하게 변신해 버렸다. 그랬을 것이다가 그랬다로 바뀌고 만 것이다.

경진이에게서 몇 통의 편지가 왔고, 몇 번의 전화가 왔다. 답장은 하지 않았고, 전화는 받지 않았다. 학교 교문 앞에서 나를 기다리던 경진이에게 헤어지자고 했다. 누구나 만날 때는 이별을 생각하지 않지만 누구나 어떤 형태로든 이별을 맞게 된다. 사람들은 '우리 사랑만은 다른 사람들과는 다르다.'라고 이야기하지만 세상 대부분의 우리 사랑은 깨어지기 마련이다. 그리고 이별의 이유는 대부분의 경우 이유 같지도 않은 이유다.

헤어짐의 이유는 간단했다. 싫어졌다. 아니 싫어진 것이 아니라 싫어졌다고 이야기했다. 경진이는 이별을 인정하지 않으려 했다. 하지만 한번 가출해 버린 내 마음은 결코 돌아오지 않았다.

고백컨대 사실 나는 비겁했다. 이제 조금만 있으면 3학년이 될 것이고, 공부에 전념해야 하고, 계속 만나서 신경 써야 하고 등등 내 이별의 이유는 경진이와 관련된 것이라기보다는 내 미래와 관련된 것이었기 때문이다.

나는 경진이와의 헤어짐에 가슴 아팠고, 경진이는 모르고 있을 나의 비겁함에 슬펐다. 어쩌면 나는 사랑하고 있는 내내 이별의 이유를 찾고 있었는지도 모른다.

우리는 가을에 처음 만났고, 그 다음 해 겨울에 헤어졌다. 힘겨운 나의 하루를 지탱해 주던 들국화가 해체된 1989년 그해 겨울 경진이까지 떠나보냈다.

'하지만 후회 없지 울며 웃던 모든 꿈. 그것만이 내 세상. 하지만 후회 없어 가꿔 왔던 모든 꿈. 그것만이 내 세상. 그것만이 내 세상.'

가끔 그 노래를 부르짖곤 했다.

아무도 보지 않고, 아무도 듣지 않는 곳에서.

경진이가 떠나고 나에게는 새로운 애인이 생겼다. 참 애인이 아니라 애인들이다. 수학정석, 성문종합영어, 한샘고전이 그 주인공들이었다.

읽어 가며, 적어 가며, 외워 가며. 땅따먹기 게임처럼 내 성적은 조금씩 앞으로 나아갔다. 재미있지도, 즐겁지도 않은 공부. 그 공부를 계속해야만 하는 이유를 가끔씩 떠올리곤 했다.

그럴 때면 '인생에는 노인과 젊은이가 존재하지 않을까?'라는 생각을 하곤 했다.

나는 지금 어디에 속할까? 물론 젊은이였다. 젊은이라 함은 다른 말로 풋내기, 신참일 것이다. 그래, 제 아무리 잘나가 본들 우리 나이엔 인생의 풋내기나 신참밖에 더 되겠는가.

너나 나나 다를 것 없는 풋내기나 신참들. 어느 순간 짠, 하고 내가 노인이 되어 있을 때, 적어도 '아, 정말 끔찍한 젊은 시절이었어.'라는 한숨은 내쉬지 않게 살아가야 하는 것 아닌가.

비록 지금은 다리도 제대로 펴기 힘든 조그만 책상에 의지해 공부를 하는 신세지만 훗날을 생각하며 견뎌 냈다. 그 결과 잃어 가는 것은 나의 잔근육들과 폐활량이었고, 늘어 가는 것은 펑퍼짐해지는 엉덩이의 살들이었다.

외로움, 쓸쓸함, 힘겨움, 불안함. 단어로 정의하자면 아마 그 정도일 것이다. 대한민국의 고3으로 살아간다는 것은.

고3이 되면서 더 이상 텔레비전 드라마 속 주인공의 깎아 놓은 듯한 섬세한 외모와 화려한 성공 스토리에 열광하지 않기 시작했다. 나는 조연의 삶에 매료되어 갔다.

아니 정확하고 퍼펙트하게 이야기하면 조연이 아니라 행인

2, 행인 3으로 드라마 속에서 살아 보는 것만으로도 충분하다고 생각하기 시작했다. '호랑이는 죽어서 가죽을 남기고 사람은 죽어서 이름을 남긴다.'라는 삶의 모토가 어느새 '가늘고 길게 살자.'로 바뀐 것이다.

시간이 갈수록 언감생심 대학을 꿈꾸었던 것이 과한 욕심이 아니었나, 하는 생각이 들기 시작했다. 아직까지 대학 근처에 도달하기에는 너무도 먼 내 성적 때문이었다. 가까이 하기엔 너무 먼 당신, 대학교. 짝사랑은 계속되고 있었다.

새벽이면 책 무게보다 도시락 무게가 더 무거운 검은색 조다쉬 가방을 메고 버스에 올라탔다. 아침의 쌀쌀한 기온은 버스가 학교 근처에 오면 아이들로 후끈 달구어졌다. 버스에서 내려서 학교까지의 짧은 거리. 매일 걷는 그 길을 걸으며 나는 생각하곤 했다.

내가 걷는 이 길. 아무 것도 아니지만 이건 내 삶의 흔적을 남기는 일이라고. 비록 대학에 못 가는 한이 있더라도 훗날 우연히라도 이 길 위에 다시 섰을 때 '아, 참 열심히 고등학교 시절을 보냈구나.' 하며 추억에 잠길 수 있으리라고.

"준범아, 니 공부 열심히 해야 된데이. 꼭 대학 가야지."

상우는 잊을 만하면 한 번씩 나에게 그 말을 던졌다.

"니도 열심히 해야지. 같이 대학 가야지."

그럴 때면 상우는 잠시 머뭇거리다가 짧게 대답할 뿐이었다.

"짜식."

상우가 말하는 짜식의 의미를 그때는 알지 못했다.

물론 예상하긴 했지만 고3 공부는 결코 만만치 않았다. 생각했던 것보다 나를 더 지치게 만들었고, 더 막막하게 만들었다. 공부를 하면 성적이 캥거루처럼 껑충 뛰어오를 것 같았지만 결코 그렇지 않았다. 발버둥 치고, 발광까지 해 봐도 성적은 도토리 키재기요, 요지부동이었다. 나는 조금씩 지쳐 가기 시작했다.

다람쥐 쳇바퀴 돌듯 똑같은 일상. 졸리는 눈을 비비고 일어나, 밥 먹고 버스 타고 학교로 향하고, 자율 학습이 끝나는 10시까지 창살 없는 감옥 같은 학교에서 견디다 다시 집으로 돌아오는 일. 생각도 없고, 느낌도 없는 습관적 하루들. 나는 점점 무언가를 잃어 가고 있었다. 그것이 무엇일까 생각해 보았다. 그리고 내가 잃어 가고 있는 그것이 무엇인지 느낄 수 있었다. 신문에 광고라도 내고 싶었다.

"분실 신고를 합니다. 지금 난 이것을 애타게 찾아 헤매고 있습니다. 이것은 무엇이든 될 수 있고, 무엇이든 할 수 있게 만들어 주는 것이었습니다. 지금 내 두 손에, 내 지갑에, 지폐 한 장 없지만 나를 부자로 만들어 줄 수 있는 것입니다. 내가 이것을 가지게 된다면 내 인생에 희망의 팡파르가 울려 퍼질 것입니다. 1, 2학년 시절의 나에겐 있었지만 지금은 자꾸만 잃어 가는 것. 그것을 좀 찾아 주세요. 그것이 무엇이냐구요? 그것은 '열정'입니다."

야구를 그만둔 후 나에게는 오직 대학만이 목표이자 꿈이자 희망이자 전부였다. 하지만 지루하게 흘러가는 시간은 사람을 지치게 했다. 고3이 시작되면서 고삐를 조였지만 지금은 그 고삐 또한 느슨해지고 있다는 것을 느끼게 되었다. 내가 가지고 있던 열정을 점점 잃어버리고 있었던 것이다.

내가 가고 싶은 대학을 떠올렸다. 가고 싶은 과를 떠올렸다. 대학 캠퍼스에 있는 나를 상상해 보았다. 강의실에서 다리를 꼬고 앉아 강의를 듣는 일, 나른한 햇살 아래 잔디밭에 앉아 왁자지껄 수다를 떠는 일 등. 꿈을 다시 한 번 떠올리고 나니 한결 나아졌다. 사람의 꿈. 그것은 잃어버린 열정을 보충해 주는 도우미가 되어 주었다.

"반장 오빠야, 박정상 샘이 교무실로 오라는데예."

남들이 하교하는 시간에 등교하는 야간 여상을 다니는 사환 경숙이가 교실 문을 열고 말했다.

"야, 모의고사 성적 나왔는 갑따."

반장은 잽싸게 교무실로 갔고, 잽싸게 모의고사 성적표를 받아 들고 왔다. 반장은 붙어 있는 성적표를 한 장씩 쭉쭉 잡아 쨌다. 아이들은 배식을 받는 독일 병사처럼 질서 정연하게 그 성적표를 받아 갔다.

머릿속은 온통 절망의 곡소리가 들려오고 있었다. 나의 모의 학력고사 점수는 137점이라고 떡하니 적혀 있었다. 짝에게 물었다.

"니는 몇 점인데?"

그래도 명색이 대동아상고 진학반의 전교 1등 아니던가.

"내는 205점이다."

남의 행복이 커진다고 해서 내 행복이 작아지는 것은 아니다. 근데 나보다 시험을 잘 친 놈의 행복이 왜 나의 불행으로만 느껴지는 걸까.

내게는 아직 숙성 기간이 필요한가 보다. 체력장을 제외한 학력고사의 점수는 320점. 그 중에서 나는 모의고사 137점이라는 점수를 받고 있었다.

화투 패를 쪼듯 나는 뒷면의 성적 분포도를 보았다. 300점 이상에는 그 유명하다는 서울대 의대, 서울대 법대가 떡하니 자리 잡고 있었다.

조금 내려 보았다. 280점 이상에는 연세대 경영학과, 고려대 법대 같은 곳과 서울대의 잡동사니 학과가 자리 잡고 있었다.

'에이, 더 볼 필요 있어?'

쭉 밑으로 내려 보았다. 맨 밑부터 훑어보기로 했다.

까짓 것, 어차피 실패 전문 인생 아닌가. 180점이라고 숫자가 크게 매겨져 있었고, 그 옆 칸에는 난생 처음 들어보는 이상한 대학들이 자리 잡고 있었다.

'이런 대학도 있었나?' 하는 콧방귀가 자연스럽게 나온다. 그런데 갑자기 허걱이다. 아니, 180점 이하는 이런 대학도 못 간단 말 아냐? 그럼 지금 내 꼴은?

갑자기 무서워졌다. 야구를 그만둘 때, 세상에 버려진 것 같았던 느낌이 재방송되고 있었다. 짝에게 묻고 싶었다. 그것도 내가 낼 수 있는 최고 큰 소리로.

"야. 137점 받으면 대학 아예 못 들어가는 기가?"

그렇게 물으면 저 자식이 뭐라고 대답할까? 에이, 모르겠다.

자기나 나나 거기서 거기 아냐? 나는 자신 있게 물었고, 짝은 이렇게 친절하게 대답해 주었다.

"빙고."

빙고 좋아 하시네. 빙고는 옆집 개 이름이다. 이 자식아.

그동안 내가 해 온 노력들이 대학을 가는 일과는 무관하게 진행되고 있다는 사실을 다시 한 번 뼈저리게 느끼게 되었다. 교실 곳곳에서는 한숨 소리가 들려왔다.

"공부해서 뭐 하노? 해도 성적이 이 꼬라진데. 일찌감치 포기하고 쐬주나 한 잔 퍼러 가자."

뺑이 치고, 발버둥 치고, 온갖 발악을 해 봐도 안 되는 일이 있다는 사실을 느낄 때의 꿀꿀함이란. 아이들은 서로의 눈치만 살피고 있었다.

그리고 한결같이 갈구하는 눈빛이었다. 누군가 일어나 '에이 씨발. 나는 갈란다.' 하고 가방을 들고 일어서기를. 그러면 줄줄이 비엔나소시지처럼 모두 일어서 야자라는 이 험난한 교실에서의 탈출을 감행할 것 같았다.

그때 교실문이 스르르 열렸다. 비정상이었다. 누군가에 무슨 일이 생기면 반드시 나타나는 짜짜짜짜 짜짱가도 아니고 비정상은 나타나지 말아야 할 비정상적인 순간에 나타났다.

"너그들 성적 보이 죽이데."

'샘통이다.'라는 표정으로 킥킥 웃으면서 들어오는 저 인간에 대한 예의 없음. 그런데 그의 겨드랑이에는 비정상적인 물품이 끼여 있었다. 페트병 속의 투명한 액체. 진로 소주 1.5L. 아니, 아이들의 땀 냄새로 가득한 이 신성한 교실에 소주 됫병이 웬일?

"너그들 내 안 들어 왔으면 다 도망가서 통닭집에 소주 무러 갈라 켔제? 멀리 갈 꺼 머 있노. 야. 1번 나온다. 저 뒤에 컵도 들고 온나."

1번은 머리를 긁적이며 앞으로 나갔다.

"자, 한 잔 무라. 안주는 엄따."

1번 경민이는 머뭇거렸다. 뭐든지 제일 먼저 하면 뻘쭘한 법이다.

"무라카이? 못 묵것나? 그라믄 내부터 무꾸마."

비정상은 스스로 술을 따라 한 잔 꺾고는 경민이에게 잔을 내밀었다. 경민이는 내가 언제 망설였냐는 듯 바로 마셨다. 교탁 앞에서는 캬, 하는 소리가 데시벨 15 정도로 들려왔다.

교탁 뒤에서는 꼴딱, 하는 침 넘어가는 소리가 데시벨 120 정도로 들려왔다. 범죄는 처음 발을 담그기가 어려운 법. 2번부터는 비정상과 자연스럽게 주거니 받거니 잔이 오갔다.

"어? 술 모자란다. 반장 슈퍼싸롱 가서 내 이름 달고 소주 됫병 하나 사 오이라."

비정상은 문을 열고 나가는 반장의 뒤통수에 대고 첨언한다.

"참, 그리고 알제? 교장 샘이나 교감 샘한테 안 들키도록 기술적으로 가꼬온나이."

교장 샘, 교감 샘이 알면 학교가 발칵 뒤집힐 일이지만 우리는 외인부대 아닌가. 아이들도 외인부대, 교실도 구석진 외인부대. 그리고 선생도.

반장의 개선장군 같은 발걸음 속에 '경기는 계속되어야 한다.'는 CF처럼 술판은 계속되었다. 아이들은 '이깟 한 잔쯤이야.'라며 정신이 말똥말똥.

비정상은 44잔의 술로 인해 정신이 해롱해롱. 그런데 비정상의 눈은 어느 때보다 초롱초롱했다. 그것은 도무지 술에 전 동태 눈이 아니었다.

"에이, *씨불놈들아*."

신성한 교실에서 갑자기 욕 나부랭이라니?

"시험 몬치니까 세상 다 살은 거 같나? 너그가 언제부터 그랬노? 시험? 너그는 당여이 지금은 갈 대학이 엄따. 당연한 거 아이가. 너그가 머리가 존나? 아이면 집이 잘사나?"

적정량의 알코올은 확실히 집중도를 높여 주나 보다. 아이들은 비정상의 목소리에 허리를 곧추세우고 앉았다.

"내는 너그들이 박사 되고, 교수 되고, 명문대 들어가는 거는 바라지도 않는다. 너그가 그래 될 수도 엄꼬, 그러케 될 필요도 엄따. 나는 있제."

비정상은 잠시 말을 멈추었다. 그리고 호흡을 가다듬고, 우리들을 쭉 한 번 둘러보고 말을 이었다. 뛰어난 연설가들이 쓰는 수법이다. 하지만 비정상은 그 수법을 사용하는 것이 아니었다. 그의 촉촉한 눈망울을 통해 그 사실을 감지할 수 있었다.

"내는 너그들이 사회에 나가서 큰소리 떵떵 치는 사람 되라고 가르치고 있는 거 아이다. 그저 최선을 다하면서 살아가는 너그들. 그래 가꼬 그기 큰일이든, 작은 일이든 묵묵하게 지 일 해 가면서 사회에 도움되는 사람. 그런 사람이 되기를 바라는 것뿐이다. 노력하는 사람은 큰 인물은 몬 대도 거북이 성공은 하는 법이다. 포기만 하지 마라. 너그 지금처럼만 하면 일류 대학은 몬 가도 일류 인간은 될 수 있다. 오늘은 이까지."

일류 인간? 좀 멋진 소리다. 대학은 일류가 아니라 2년제만 가면 소원이 없겠다 생각했기에 일류라는 말은 내 인생에서 잘 떠올려 본 적이 없는 말이다. 그런데 일류라니? 나도 일류가 될 수 있단 말인가?

일류 인간. 내 입술에 잘 감기는 멋진 말이었다. 자칭 타칭 외인부대. 그 중에서도 최고의 외인부대원인 나. 그런 나에게 일류 인생이라?

그것은 구미 당기는 일이었다. 경북 구미 말고.

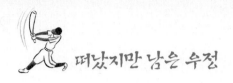

떠났지만 남은 우정

학교 성적은 쑥쑥 올랐지만 모의고사 성적은 좀처럼 오르지 않았다. 비정상은 눈치의 달인이었다. 지치고 힘들어 포기할까라는 마음이 드는 순간에는 어김없이 나에게 다가와 이렇게 이야기했다.

"성적도 안 오르고, 공부도 힘들고. 마 다 때리치우고 싶제? 실패하는 사람들의 공통점이 뭔 줄 아나? 지가 거의 다 왔다는 사실을 모른다는 점이다. 한 발만 더 내디디면 그가 결승점인데 전부 바로 그 코앞에서 포기해 뿌리는 기라."

내가 고민하는 점을 다이렉트로 집어 버리는 족집게 정신. 그런 말을 들을 때면 내 마음을 환히 읽고 있는 것 같아 부끄러워지곤 했다. 별 수 없었다. 더욱 달릴 수밖에.

시끌벅적하기만 하던 교실은 가을과 함께 고요가 찾아왔다. 아니 그건 고요가 아니라 침묵이었다. 아이들은 입시일이 다가 올수록 점점 말을 잃어 가기 시작했다. 그리고 표정도 함께 잃 어 갔다.

나도 매일 아침 7시 30분에 학교로 와 저녁 10시 집으로 돌아 가는 시간까지 내 책상과 화장실만을 들락거리기만 할 뿐이었 다. 누구 하나라도 신경을 건드리면 연쇄 폭발할 것 같은 긴장 감만이 교실에 가득했다.

공부를 한다는 것은 참 고단한 일이었다. 잘 견디고, 또 견디 며 이를 악물고 공부를 하지만 이상하게 회의가 회오리처럼 몰 려오는 날이 있다. 그런 날에는 이상하게 이런 생각이 들곤 한 다. 전국에 모인 고등학생들이 똑같은 사람이 아닌데 똑같은 행 위로 이렇게 고통받고, 힘들어 해야 하는가, 하는 의문.

등수가 인생 성공 순서도 아닌데 왜 세상은 공부순으로 사람 을 판단하는 것인지 이해가 되지 않는다는 생각을 버스를 타고 집으로 돌아오는 내내 떨쳐 버릴 수 없었다.

집에 와서 가방을 휙 던졌다. 방바닥에 누워 천장을 바라보 았다. 멍하니 누워 있자니 눈은 더욱 말똥말똥해졌다. 자리를 고쳐 앉았다. 앉아 보니 책상 위에는 빨간색 돼지 저금통이 하나 있었다. 흔들어 보니 꽤 무거웠다. 가득 찬 동전과 간혹 섞인 지폐 몇 장이 맞부딪치는 소리가 경쾌했다.

돼지 저금통을 보면서 갑자기 기분이 확 바뀌었다. 흐뭇해졌다. 필요한 것을 사고 싶은 욕망. 가지고 싶은 것을 참아 내며 동전들을 하나하나씩 집어넣었던 돼지 저금통.

그 시간이 쌓여 이제 조금만 있으면 저 저금통을 열어 볼 수 있으리라. 그때면 쏟아지는 동전과 몇 장의 지폐들을 가지게 되는 기쁨을 만끽하게 되리라. 그 장면을 상상하며 나는 문득 삶이란 것이 꼭 저 돼지 저금통과 닮지 않았나 하는 생각이 들었다.

누구나 편하고 싶고, 자신이 원하는 대로 다 하고 싶다. 그러나 그것을 참고 이겨 내며 자신의 노력과 성실을 하나둘씩 넣어 두어야 한다. 그러다 언젠가 삶이라는 저금통을 열어 보는 날엔 그 사람이 바라고 희망하던 것들이 고스란히 나오게 될 것이다. 저 돼지 저금통처럼 말이다. 더 많이 참고, 더 많은 노력을 저금해 둘수록 자신에게 더 값진 선물을 주는 것이 삶이라는 저금통의 필연적인 법칙이리라.

돼지 저금통을 다시 한 번 흔들어 보았다. 그리고 나는 다짐했다.

'삶은 왜 내가 원하는 것을, 내가 바라는 것을 제대로 주지 않는가?'라 원망하지 않으리라고.

매일 집으로 돌아와 저 돼지 저금통에게 이렇게 말을 건네리라 맹세했다. '나는 삶이라는 저금통에 내가 줄 수 있는 것들을 충분히 주었는가?' 하고 말이다. 그리고 다시 문제집을 집어 들었다.

예상치 않은 일은 예상치 않은 시간과 예상치 않은 상황에서 일어난다. '올림픽 대회의 의의는 승리하는 데 있는 것이 아니라 참가하는 데 있다.'고 말한 쿠베르탱 남작의 정신을 받들어 공부는 거의 안 하지만 절대 결석을 용납하지 않았던 상우가 5일째 결석했다.

"밥 무러 가자."

"역시, 식후에 때리는 담배가 최고다."

그러고 보니 요즘 상우와 나눈 대화라고는 이런 형식적인 것들이 전부였다. 첫째 날은 잘 느끼지도 못했고, 둘째 날은 무슨 일이 있겠지, 셋째 날이 되어서야 상우에게 무슨 일이 생긴 게 아닐까 걱정하기 시작했다. 무감각의 극치였다. 상우가 없으니 내 하루도 배터리가 다 된 리모컨처럼 작동이 잘 되지 않는 듯했다.

가끔 늦잠을 잤다고 지각을 하곤 했지만 상우가 결석을 하는
일은 한 번도 없었다. 상우가 어디에 있는지 찾기로 마음을 먹
었다. 그런데 그렇게 마음먹고 나니 나는 상우에 대해 아는 것
이 별로 없다는 사실을 깨달았다. 사는 동네만 알았지 집이 어
디인지도 몰랐고, 어머님이 무슨 일을 하시는지도 알지 못했
다. 기껏 안다는 것이 아버지는 돌아가셨고, 누나가 있다는 정
도였다. 곰곰이 생각해 보니 내가 집에 관해서나 가족에 관해
서 물을 때면 상우는 언제나 자연스럽게 화제를 돌리곤 했다.

수첩을 꺼냈다. 수첩 한 귀퉁이를 차지하고 있는 친구들의
전화번호를 뒤적였다. 상우 집 전화번호로 전화를 걸었다. 전
화에서는 음성 대신에 뚜뚜, 하는 긴 신호음만 되풀이되었다.

다음 날 전화를 해도 여전히 전화벨 소리는 같은 신호음만을
되풀이하고 있었다. 내가 취할 수 있는 방법이 떠오르질 않았
다. 무언가를 하고 싶은데, 무언가를 해 주고 싶은데 마땅히 떠
오르는 것이 없다는 것은 사람을 무력감에 빠지게 했다.

"상우 일마는 도대체 어데 간 거고? 걱정이 살 되네. 누구 아
는 사람 없나?"

선생님의 물음에 아이들은 어쩔 수 없는 침묵으로 일관해야

만 했다.

상우가 행방불명인지, 가출인지, 땡땡이인지 모를 결석을
한 지 2주를 넘어서고 있었다.

"여름도 다 지났는데, 무슨 비가 이래 오노?"

아이들은 투덜거리면서 젖은 교복을 손으로 털어 내며 교실
로 들어왔다. 현호는 우산을 채 접지도 않은 채로 나에게 뛰어
왔다.

"준범아, 준범아 내 어제 있다 아이가. 어, 어제 상우 봤다."

숨을 헐떡이는 현호가 숨을 고르기도 전에 되물었다.

"뭐라꼬? 어데서 봤는데?"

"어제 버스 타고 이모 집 가는데 주유소에서 상우가 기름 넣
고 있더라."

"뭐? 주유소? 글마가 와 거게 있노? 이기 미쳤나?"

화를 주체할 수 없었다.

"그 어데고 빨리 가자."

현호는 가방을 둘러메고 뿔난 송아지처럼 설치는 나를 진정
시켰다.

"지금 어데를 간단 말이고? 앉아라. 수업 마치면 같이 가 보자."

그깟 일이 뭐 대수냐라는 듯 수업은 아무런 문제도 없이 평소처럼 진행되었다. 선생님은 하얀 분필, 빨간 분필, 파란 분필로 또각또각 소리를 내면서 열심히 말씀하셨지만 내 귀는 헤드폰을 착용하고 록 음악을 듣는 것처럼 멍멍하기만 했다.

지루했던 시간이 끝나고 수업의 끝이 찾아왔다.

"현호야, 빨리 가자. 앞장서라."

현호와 나는 12번 버스를 타고 주유소가 있다는 곳으로 향했다.

주유소라. 주유소에서 기름을 넣고 있는 상우의 모습이 쉽사리 짐작이 되질 않았다. 물론 소주를 한잔 하거나, 매점에서 빵 같은 것을 사 먹을 때 늘 계산대 뒤에서 엉거주춤한 폼으로 맴돌기만 했던 상우였지만 그렇다고 해서 나 굉장히 가난하다, 정도는 아니었다고 느꼈다. 워낙 변죽이 좋은 녀석이라 계산에서 자주 열외되면서도 친구들의 미움을 사지는 않았다.

가끔 현호는 이렇게 말했다.

"야, 더치페이 하자."

그때면 상우는 이렇게 응수하곤 했다.

"내 영어 잘 몬하는 거 알제? 내는 더치페이가 뭔 뜻인지 모린다."

우리는 그게 상우답다고 믿었다. 버스를 타고 가면서 한 가지 고민에 빠졌다. 2주일 만에 처음 보는 상우를 향해 어떤 표정을 지어야 할까, 하는 것이었다. 오랜만에 보는 반가움에 기쁜 표정을 지어야 할지, 그게 아니면 학교를 오지 않은 친구를 향해 모질고 화난 표정을 지어야 할지 쉽사리 판단이 서지 않았다. 고민하는 사이 현호의 팔에 이끌려 버스에서 내렸다.

"저, 앞에 노란색 페인트칠 되어 있는 벽 보이제? 저게가 상우가 일하는 데다."

빠른 걸음으로 걸어가다 보니 주유소 앞에는 느릿느릿 걸어 다니는 아저씨 한 명과 차 사이를 춤을 추듯 부드럽게 움직이는 젊은이 한 명이 어렴풋이 보였다. 그 폼은 영락없이 상우였다. 앞에 다가간 나는 상우의 등 뒤에서 큰 소리로 이름을 불렀다.

"김상우!"

상우는 뒤도 돌아보지 않았다. 돌하르방처럼 가만히 서 있었다.

"상우 니, 여서 뭐하고 있노?"

한참을 그렇게 서 있던 상우는 특유의 표정으로 뒤돌아보며 말했다.

"어? 준범이 니가 여게 우얀 일이고? 오랜마이네."

상우의 그 말투는 '노 프라블럼'이라는 제스처처럼 느껴졌다.

"바보야, 니 여서 뭐 하냐고? 학교도 안 나오고 고작 기름쟁이 하고 있나?"

기름때가 묻어 하얀 손장갑인지, 검은 얼룩무늬 손장갑인지 모를 장갑을 벗으며 말했다.

"고작? 뭐가 고작인데? 지금 니 눈에는 이기 고작으로 보이나?"

현호는 나와 상우의 중간에 서서 나와 상우를 계속 번갈아 쳐다보고 있었다.

"공부 안 하고 가출해서 여 뭐 할라고 왔는데?."

상우는 장갑을 손으로 탁탁 치며 말했다.

"보면 모르나? 돈 벌고 있다 아이가."

"니가 학교 안 오고 돈을 와 벌어야 되는데?"

"웃기는 소리하지 마라. 임마. 그래, 주유소에서 일해 가꼬 니가 떼돈을 벌 끼가."

상우는 평소 모습와는 전혀 다른 표정을 지었다.

"떼돈? 니가 돈에 대해서 멀 안다고 떠드노? 떼돈이 아이라 내는 안 굶어 죽을라꼬 돈 버는 기다. 니가 배가 고파 본 적이 있나? 등록금 걱정 해 본 적이 있나? 너그가 매점에서 먹고 싶은 것 마음껏 사먹을 때 내는 차비가 없어서 3시간을 걸어서 우리 집에 갔다. 너그가 가난이 뭔지 아나? 알기나 하나? 부모님 잘 만난 너그는 내한테 떠들 자격 없다, 임마."

머리를 망치로 맞은 느낌이었다. 더 이상 상우 앞에서 할 말이 생각나지 않았다.

"너그 빨리 가라. 입시도 얼마 안 남았다. 빨리 가서 공부해라."

발걸음을 뗄 수 없었다. 아니 발걸음이 떨어지지 않았다.

"가자, 상우야. 니 지금 학교에 안 돌아가면 나중에 후회한다."

"내한테는 나중이 없다. 지금뿐이다. 내 지금 돈 안 벌면 안 된다."

상우는 우리가 안중에 없다는 듯이 이 자동차, 저 자동차를 옮겨 가며 권총 모양의 긴 파이프로 기름 넣는 데 열중했다.

"준범아, 그만 가자. 상우 좀 있다가 안 돌아오겠나."

상우 앞에 섰다.

"상우야, 우리 가꾸마. 그리고 니 빨리 정리하고 학교에 온나."

끄덕이기를 바랬던 상우의 머리는 미동도 하지 않았다. 그 대신 상우는 나에게 이런 마지막 말을 남겼다.

"준범아, 니 언젠가 내한테 공부가 전쟁이라 한 적 있제. 니는 꼭 대학 가야 된다면서 공부가 전쟁이라 켔제. 자, 이기 내한테는 전쟁이다. 내가 안 벌면 못 묵고 사는 우리 집은, 그

라고 내한테는 공부가 전쟁이 아이라 만 원짜리 몇 장을 버는
이기 전쟁이다."

   늘 밝기만 했던 상우. 웃고 있다고 해서 그 인생이 웃음을 의
미하는 것은 아니라는 사실을 알게 되었다. 그 후로 상우의 음
성을 들을 수 없었다.

   일주일 후 다시 찾아간 주유소. 그곳의 사장은 상우가 다른
일자리를 찾아 간다는 말만 남겼을 뿐, 연락처는 알지 못한다
고 했다.

   "어이, 준범이. 일로 와 바라."
   조회가 끝나고 비정상이 불렀다.
   "준범아, 상우 우째 된 기고? 집에 연락해도 연락도 안 되고."
   며칠 전에도 비정상은 나에게 상우에 대한 소식을 물었지만
나는 그냥 모른다고 했다.
   "바른대로 말해라. 니는 상우 어데 있는지 알고 있제?"
   돌하르방처럼 가만히 서 있었다.
   "말 안 하는 기 친구를 도와주는 거 아이다. 빨리 말해라."
   "지난 주에 주유소에서 일할 때 만나 봤는데 지금은 모릅니
더. 어제 찾아갔는데 못 만났습니더."

비정상의 입에서는 바로 욕이 날아왔다.

"이 새끼 봐라. 그라면 지난번에 물었을 때 니는 알고 있었네."

"네. 죄송합니더 샘예."

비정상은 나의 뒤통수를 사정없이 때렸다.

"너그 우정은 그런 기가? 임마, 학교 때리치운다는 친구 밀어주는 기가? 모가지를 끌고라도 데꼬와야 될 거 아이가."

부끄러웠다. 내 손으로 상우를 다시 데려오지 못한 것이. 비정상은 울긋불긋한 얼굴로 교무실로 향했다.

"야, 준범아. 비정상이 뭐라 카데?"

"상우 어데 있냐고 묻더라."

"그래서 불었나?"

나는 화를 버럭 냈다.

"그래, 불었다. 어데 있는지 모른다고 불었다."

아이들은 나의 눈치를 살폈다. 씨발, 하고 욕이 나왔다. 그 욕이 비정상을 향한 욕인지 나 자신을 향한 욕인지 구분이 되지 않았다.

다음 날 학교에 가니 무언가 분위기가 어수선했다. 교실 문은 열려 있었고, 책상에 앉아 자습을 하고 있던 평소와는 다르

게 아이들이 서 있었다. 교실에 들어서자 아이들은 나를 반갑
게 맞아 주었다.

"준범아, 상우 왔다."

상우 주위로 아이들이 빙 둘러서 있었다. 상우였다. 책상에
앉아서 나를 바라보았다.

"상우야, 어째 된 기고?"

"그냥, 그래 되었다."

상우는 심드렁했다.

"그냥 그래 된 기 뭐꼬?"

반가움이 화로 바뀌었다. 일주일 전에 내가 그렇게 이야기
해도 학교에 오지 않던 상우가 이렇게 떡하니 학교로 돌아오니
기쁘면서도 괜스레 서운함과 화가 슬그머니 고개를 내밀었다.

상우에게 더 이상 묻지 않고 내 자리로 가 앉았다. 종소리가
울리고 비정상이 조회를 하러 왔다.

"어이, 상우 왔네. 인자 방황 다 끝냈제?"

비정상이 우스개 소리를 하자 아이들이 피식 웃었다. 교실에
서 유일하게 웃지 않는 것은 상우와 나뿐이었다. 그날 하루 종
일 상우와 말을 하지 않았다.

다음 날도, 그 다음 날도 마찬가지였다. 자존심 때문인지,

서운함 때문인지 아무튼 우리는 조금 삐걱거리고 있었다.

"너그는 하루도 떨어져서는 못 살 것 같이 굴더만 이기 뭐꼬? 너그가 가시나가 별것도 아닌 일에 삐끼 가지고 말도 안 하고."

현호는 나를 옹졸한 놈처럼 몰아세웠다.

"시끄럽다. 조용히 해라."

"준범이 임마, 니가 가서 상우한테 먼저 말 걸어라."

"미쳤나. 임마. 글마가 내한테 미안하다 해야지. 내가 머한다꼬 글마한테 말을 거노."

더 화가 치밀었다.

"니, 내 공부하는 거 안 보이나? 가라."

현호를 밀어냈다. 현호는 한참을 서 있더니 이해할 수 없다는 표정으로 가 버렸다.

'그래. 나도 이러는 내 자신을 이해할 수 없는데 너라고 어떻게 그렇지 않겠니.'

이제 특별히 섭섭한 것도, 특별히 화가 나는 것도 없는데 우리는 설면한 사이가 되어 버렸다.

단 하루도 같이하지 않으면 지구가 멸망이라도 할 것 같이 굴던 우리. 이제는 함께하면서도 남인 것처럼 지내게 된 것이다.

지구 멸망도 하지 않았고, 상우와 내가 화해하지도 않았고, 그렇다고 싸우지도 않고 한 달이 흘렀다.

그러던 어느 날. 상우는 아침 자습 시간이 끝나자 교탁 앞으로 나갔다. 조회가 시작되기 전 교탁 앞에 서서 상우는 말했다.

"친구들아. 고마웠데이. 내는 내일부터 학교 안 나온다. 그동안 고마웠다. 잘 지내고. 다음에 우리 사회에서 성공해서 만나자. 우리는 대동아상고의 졸업생 아이가."

이게 웬 뚱딴지 같은 소리인가. 한 달 정도 학교에 다녔는데 또 무슨 짓인가 싶었다.

'야, 상우 너 죽고 싶어?' 하고 멱살을 잡고 싶었다. 그 말을 마치자마자 상우는 가방을 메고 교실을 빠져나갔다.

"뭐꼬? 임마."

내가 소리를 질렀고 상우는 그 소리를 들었는지 못 들었는지 제 갈 길을 향했다. 나는 자리에서 일어서지 않았다. 병신 같은 놈. 졸업할 때까지만 참지 그걸 못 참고. 상우는 그렇게 학교를 떠났다. 나를 떠났다. 우정을 떠났다.

초가을이 되자 상우에 대한 이야기를 하는 아이들은 조금씩 줄어 갔다. 더 이상 상우가 어디에서, 무엇을 하고 있는지 아이들은 궁금해하지 않는 것 같았다. 입시라는 괴물 아래에서는 누구도 자유로울 수 없었기 때문이었을 것이다.

나도 가끔씩 상우에 대해 잊어 갔다. 시간이 조금 더 흐르자 가끔씩 상우에 대해 생각이 났다. 시간이 조금 더 많이 흘러 11월, 쌀쌀한 바람이 불어오면서 상우가 더 이상 그립지 않았다. 그때 떠나가던 상우를 나가서 붙잡지 못한 것이 가끔 후회되었다.

상우가 학교를 떠난 이후로 살아가면서 제일 하기 힘든 일이 상대방에게 진심 어린 마음으로 '미안하다.' 하고 사과하는 일이라는 것을 뼈저리게 실감하게 되었다. 그리고 내가 상우에게 사용하는 데 참 인색했던 말이 '고맙다.'라는 단순한 한마디였다.

나는 이 두 말을 상우에게 단 한 번도 사용해 본 적이 없었다. 상우의 마음의 문 속으로 다시 돌아가기 위해 '미안하다.', '고맙다.' 이 두 개의 열쇠가 필요한데 나는 지금 그것을 사용할 수가 없다.

이제는 그 말을 할 수 있을 것 같은데 정작 상우는 내 곁에 없다. 어느 날 수업을 마치고 독서실로 향하던 나는 문득 나 자신이 무서워졌다. 상우를 이렇게 잊어도 되는 것인지, 이렇게 지워도 되는 것인지. 상우가 떠나 버린 나, 이렇게 아무렇지도 않게 살아가도 되는 것인지…….

"준범아, 준범아. 니 이야기 들었나?"

기중이가 숨을 헐떡이며 뛰어왔다.

"뭔 소린데?"

"니, 상우 이야기 들었나?"

"상우 이야기? 무슨 상우 이야기?"

귀가 쫑긋 세워졌다.

"상우 있다 아이가. 고등학교 중퇴 아이데이."

"그거는 또 머슨 말이고?"

"있다 아이가, 그기."

"뭔데, 이야기해 봐라."

"상우, 취업 실습 나간 거로 되어 있단다."

"그기 무슨 말이고?"

기중이는 엄지손가락을 내밀었다.

"이거 비정상 작품이더래이."

한 번에 말하지 않고 뜸을 자꾸 들이는 기중이가 답답했다.

"상우 학교로 데꼬 온 것도 비정상이라 카더라. 와 상우가 학교 다시 나온 날 있다 아이가. 비정상이 그 전날 밤에 상우 집에서 기다리다가 상우 학교로 데꼬 온 거라 카더라. 정상이가 상우를 설득했다고 하더라고. 고등학교는 꼭 졸업해야 된다꼬. 그래서 상우가 다시 학교 나온 거란다. 그라고 한 달 있다가 상우가 학교 떠났다 아이가."

침이 꼴깍 넘어갔다.

"그래, 그래서?"

"그날부터가 상과반 아들이 취업 실습 나가는 기 가능한 날이었단다."

그렇지 않아도 눈치 빠른 나의 머리가 빠르게 돌아갔다.

"정상이가 상우를 상과반 아들처럼 취업 실습 나가도록 해 준 기라. 상우는 가정 형편 때문에 일해야 되니까 서류를 취업 실습으로 만들어서 졸업장 받을 수 있도록 해 준 거란다."

나의 입에서 안도의 한숨이 새어 나왔다.

"니는 그거를 어째 알았노?"

"서무실에 재학증명서 때러 갔다가 서무실 누나가 가르쳐 주더라. 우리 아버지 회사에서 공납금 지원해 준다 아이가. 마지막 공납금 내야 되니깐에 아버지 회사에서 서류를 떼 오라고 하더라고. 서류 떼 주면서 서무실 누나가 같은 반이라고 상우 이야기를 하더라고. 비정상 이야기도 하고."

기중이는 약간 상기된 목소리로 말을 이었다.

"준범아, 한 가지 더 놀랄 일이 있데이. 비정상이 상우 밀린 공납금도 내 주었다 카더라. 취업 실습 나가도록 서류를 만들어 주도 공납금을 안 내면 졸업이 어렵다 아이가. 비정상이 상우 남은 공납금을 서무실에 내 줏다 카더라고 누나가."

상우가 학교로 다시 돌아오고 떠나가던 과정이 머릿속으로 대강 정리가 되는 듯했다. 자식. 비정상 멋진 구석이 있어. 좋다. 인정. 선생님답다.

갑자기 기분이 좋아졌다. 내 인생의 무거운 짐 하나가 날아가 버리는 것 같았다. 당장 달려가 비정상에게 고맙다고 넙죽 절을 하고 싶어졌다.

드르륵. 비정상이 출석부를 들고 들어왔다.

"자, 인자 얼마 안 남았다. 죽자 살자 해라. 그래도 너그는 대학 갈 둥 말 둥이다. 조회는 이까지."

그래. 비정상 말인데 앞으로 더 잘 들어야지. 인제 얼마 남지도 않았다. 상우도 대동아상고 졸업생, 나도 대동아상고 졸업생이라는 사실이 나를 브레이크 없는 벤츠처럼 입시로 돌격하게 만들었다.

인생의 재수

"인자 얼마 남았노?"

비정상은 칠판을 가리키며 물었다. 아이들은 큰 소리로 함께 대답했다.

"50일 남았습니더."

"시간이 열라이 빠르제? 50일. 인자 너그 운명이 50일 뒤에 결정된데이. 긴장 안 되나?"

아이들은 아무 말이 없었다.

"머 긴장할 거 없다. 너그 중에는 최선의 노력을 다한 사람도 있을 끼고, 최고의 게으름을 피운 사람도 있을 끼다. 지금까지 흘러온 거는 이미 다 지나간 일이 되어 뿌렸다. 문제는 지금 남은 이 50일이라는 시간을 우째 보내노다. 50일 동안 죽을 둥 살 둥 해 봐라. 그러면 학력고사 점수 한 20점은 올릴 수 있다. 알겠나?"

"네."

50일. 어떤 이에게는 참 긴 시간일 수도 있고, 또 어떤 이에게는 너무도 짧은 시간일 것이다. 나에게 그 시간은 팬티 고무줄만큼이나 짧게 느껴졌다.

스톱워치. 나에게 간절히 필요한 것은 바로 그것이었다. 스톱워치를 작동시켜 내 공부가 끝날 때까지 시간을 멈추고 싶다는 간절한 바람이 생겨났다. 외워야 할 영어 단어는 수만 개쯤 남아 있고, 풀어 봐야 할 수학 문제 유형도 아직 태산만큼 남아 있고, 외워야 할 국사 연표는 내 기억 속에서 자꾸 도망가고.

시간이 흐를수록 초조해졌다. 그러나 시간이 더 흘러가니 차라리 편안해졌다. 그 즈음 나는 더 이상 내 인생의 홈런을 기대하지 않게 되었기 때문이었다. 삼진 아웃이라는 현실에 익숙해 있는 나는 다른 목표를 세운 것이다.

그저 힘차게 방망이를 휘두르겠다는 것이다. 홈런이든 삼진 아웃이든 신경 쓰지 않고 학력고사를 치는 그 날까지 있는 힘껏 방망이를 휘두르기 위해 힘을 모은다는 각오로 임했다.

내 성적으로는 원하는 대학 근처에도 갈 수 없었기 때문이었다. 내심 재수를 하겠다는 각오로 공부에 임하니 다른 친구들처럼 조급함은 줄어들었다. 그렇다고 해서 초연할 수는 없는 노릇.

D-50, D-49, D-48. 매일 아침 학교에 오면 책상에 붙여둔 미니 달력에 엑스 자를 그어 날짜를 하나씩 지워 나갔다. D-0이 되는 날, 내가 가진 모든 능력을 발휘하여 문제를 신들린 듯 맞추리라 각오를 다져 나갔다. 물론 잘된다는 보장은 없지만 스스로에게 그런 주문을 걸곤 했다. 그리고 다른 한 편으로는 D-0이 되는 날이 잠시 해방이 되는 날이니 실컷 놀 궁리도 하는 다차원적인 사고를 하고 있었다.

"내일은 대학 입학 상담할 끼다. 뭐 4년제 대학 갈 놈이 거의 없기 때문에 별로 상담할 것도 없지만 혹시 아나, 최대한 구멍을 찾아서 쓰면 좋은 일이 생길지. 혹시라도 부모님께서 함께 상담을 원하시면 오시도 된다 캐라."

고딩 시절의 하이라이트. 입학 사정. 자신의 성적으로 어느 정도의 대학에 가능한지 상담하고 그 대학에 입학 원서를 넣고 시험을 치는 중차대한 일.

다음 날. 하지만 평소와 마찬가지로 우리 진학반의 교실 앞에는 학부모님이 얼씬도 하지 않았다. 대부분 대학에 갈 성적도 안 될뿐더러 그럴 형편 또한 안 되는 경우가 대부분이었기 때문이었다. 나 역시 부모님은 오시지 않았다.

"어머이, 오시면 실망만 할 낍니더. 어차피 저는 내년에 재수한다는 생각으로 임했다 아입니꺼. 후진 대학에는 안 갈 낍니더. 내년에 한 해 더 해 가지고 좋은 대학 갈 낍니더."

비록 어머니께 말은 이렇게 했지만 내심 소 밭에 쥐 잡기로 대학이라도 붙으면 '이게 웬 떡.' 하고 입학을 해 버렸을 것이다.

인문계처럼 진학 상담실 같은 것이 없었기에 우리는 학도호국단실에서 엄정한 대학 입학 면담을 실시했다.

나는 내 앞 번호인 세출이 뒤에서 대기하고 있었다. 세출이 아버지는 자식에 대한 열정이 대단하신지 학도호국단실 앞에서 세출이와 함께 대기하고 계셨다.

공부 못하는 아이들만 모인 우리 진학반에서도 지지리도 공부 못하는 아이 41번 최세출.

자신의 말에 의하면 할아버지께서 불세출의 영웅이 되라는 의미로 지어 주신 이름이라고 했다. 하지만 그는 불세출의 공부 못하는 아이였다. 반면에 세출이의 아버지는 부산 MBC 방송국의 가장 우두머리인 국장이었다. 그 아버지가 세출이의 대학 입시 사정을 위해 우리 학교에 온 것이었다.

'세출이는 대학 갈 데가 없을 건데 아버지가 왜 오셨지?' 하는 심정으로 고개를 갸우뚱거리고 있는데 면담이 끝났는지 세출이가 나왔다. '역시 별 할 이야기가 없었던 게군.' 하며 서 있는데 열린 문틈으로 나는 못 볼 장면을 보고 말았다. 세출이의 아버지가 비정상의 손에 쥐어 주는 하얀 봉투를.

비정상은 봉투를 거부하는 시늉도 하지 않았다. 비정상은 문 앞에 있는 내가 다 들릴 정도의 큰 소리로 말했다.

"고맙습니다. 아이들을 위해서 쓰겠습니다."

충격이었다. 그래도 비정상은 다른 선생님들과는 다르다고 생각했다. 그런데 봉투를 불쑥 집어넣는 저 염치없는 손이라니. 게다가 아이들을 위해 쓰겠다고? 한마디로 개뿔이다.

나는 비정상의 행동에 적잖이 실망했다. 상우의 일에서 보았던 비정상의 모습과는 전혀 다른 두 얼굴의 저 모습. 가증스러웠다. 그래도 비정상만은 다르다고 생각했는데 그건 나만의 착각이었다. 돈 앞에서 안 무너지는 사람이 세상에 얼마나 되겠는가 속으로 푸념을 하면서 상담 자리에 앉았다.

"어이. 준범이 왔나? 니는 갈 학교 없는 거 알제? 어데 쓰고 싶노? 그냥 니 원하는 데 써라. 어차피 재수할 꺼 아이가."

"네, 알겠습니더."

이 짧은 한마디로 나는 학도호국단실 문을 닫고 나왔다. 아무리 재수를 각오한다고 하더라도, 이건 아닌데? 고개를 갸우뚱거렸다. 그리고 봉투를 넙죽 받아 잡수시는 것, 이것도 아닌데?

또 고개를 갸우뚱거렸다.

다른 학교와는 비교가 안 될 정도로 스피디하게 진행된 입시 상담. 우리 청춘들의 인생이 결정될 수도 있는 중요한 순간임에도 불구하고 그 시간은 참 짧았다.

교실로 돌아온 나는 다시 참고서를 펼쳤다.

면담이 모두 끝났는지 반장이 교실에 들어와 이야기했다.

"야, 샘이 다른 데 가지 말고 전부 자리에 앉아 있어라더라. 저녁 무러 가지 말고 전부 교실에 앉아 있어라."

교실 이쪽저쪽에서 "에이씨 또 머꼬?" 하는 소리가 들려왔다. 잠시 후 학교 안으로 오토바이 굉음 소리가 들려오기 시작했다.

"어? 이거는 무슨 소리고? 장깨이 오토바이 소린데?"

그것도 한 대 소리가 아니라 따발총처럼 연발 소리로 들려왔

다. 우리 반 아이들은 전부 창문 쪽으로 시선을 고정시켰다. 그
때였다. 드르륵 하고 문이 열리는 소리가 났다.

비정상이 서 있었다, 아주 거만하게.

"전부 책 덮고 잔디밭으로 나와."

이건 또 웬 황당 시츄에이션? 스탠드 옆에 위치한 잔디밭으
로 나가자 3대나 되는 오토바이가 서 있었고 배달부들은 열심
히 자장면을 잔디밭에 내려놓기 시작했다. 무려 43그릇이나 되
는 자장면. 아이들의 눈이 휘둥그레졌다.

비정상에게 눈이 쏠렸다.

"오늘은 갈 데 없는 너그들이 대학 입시 상담을 한 기념비적
인 날이다. 그리고 기념비적으로 너그 친구 중에 누구 아버지가
내한테 촌지를 주고 갔다. 이 자장면은 그 돈으로 먹는 기다. 감
사하게 마이 묵으라."

야호, 아이들은 환호성을 질렀다. 한 가지 아쉬운 점이 있다
면 곱빼기가 아니라는 점뿐이었다. 우리는 역시 비정상이라며
엄지손가락을 내밀었다.

"참, 그리고 아까 받는 봉투에 돈 좀 남았데이. 그거는 내하
고 다른 샘들하고 술 마실 끼다. 알것나? 오늘 여까지."

그럼 그렇지. 역시 비정상다운 발언이었다. 그릇에 검정색

춘장의 흔적도 남기지 않은 아이들은 트림을 꺼억~ 해 대며 자리에서 일어섰다.

나도 자리에서 일어섰다. 그 순간 문득 누군가 한 사람이 빠져 있다는 생각이 들었다.

'상우는 지금 뭘 하고 있을까? 어느 자리에서 어떤 얼굴로 서 있을까?'

궁금한 생각이 들었다. 아이들이 그릇을 정리하는 모습을 보니 상우가 더 보고 싶어졌다.

갑자기 속이 울렁거렸다. 화장실로 뛰어갔다.

"웩. 웩."

자장면을 모두 게워 냈다. 수돗물을 틀고 입을 행구었다. 찔끔, 눈물이 났다.

기대했던 일이 이루어지지 않을 때의 실망감이란 이만저만이 아니다. 반면에 기대하지 않은 일은 이루어지지 않아도 별로 대수롭지 않다.

그런데 대학 입시는 그렇지 않았다. 별로 기대하지 않은 합격 소식이었지만 막상 불합격이란 소식을 들었을 때의 기분은 영 별로였다. 아니 화가 났다.

막상 ARS의 자동 응답 목소리인 "응시번호 ○○○ 귀하는 불합격입니다."라는 멘트가 들려오자 짜증이 밀려왔다. 비록 내가 원하는 대학도 아니었을지라도, 그래도 죽자 살자 공부했는데 불합격이라니.

누구를 탓하랴. 턱도 없는 대학에도 못 미치는 턱도 없는 내 성적을 탓해야지.

고등학교 졸업을 앞둔 시점. 내가 과연 이룬 것은 무엇이고, 잃은 것은 무엇인가를 되돌아보았다.

잃은 것은 꽤 많았다. 프로 야구 선수가 되겠다는 오랜 나의 꿈을 잃었고, 애인을 잃었고, 대학 진학이라는 목표를 잃었고, 단단했던 다리 근육을 잃었다.

이룬 것은 잘 생각이 나질 않았다. 아니 무엇 하나 특별하게 이루어 낸 것이 없었다. 이루어 낸 것이 있다면 빛나는 고등학교 졸업장을 받게 된 정도였다.

고등학교 3년. 참 열심히 살아온 것 같은데 결과물이 뚜렷한 게 없었다. 피식 웃음이 나왔다. '삶이라는 놈. 나에게는 참 인색했구나.' 하는 생각이 들었다.

삶, 그랬다. 그것은 언제나 내가 하고 싶은 대로 해 준 적 한 번 없었고 내가 가고 싶은 길로만 가고 싶다 이야기할 때도 가만히 있어 준 적 한 번 없었다. 오히려 내 노력을 외면하고 내 희망을 무참하게 깨부수기만 했다.

삶……. 그랬다. 돌이켜 보면 나는 늘 내가 준 사랑만큼 삶이 내게 그 무엇을 주지 않아 적잖이 실망하기도 했었다. 하지만 어디 그런 사람이 나뿐이겠느냐 하는 생각도 들었다.

삶은 늘 그렇게 내 짝사랑의 대상이었다. 그런데 이상하다. 나는 아직까지도 내 짝사랑의 대상을 포기하고 싶지가 않았다. 삶이 나의 정성과 열정과 노력을 외면한다 하더라도 나의 자세를 바꾸고 싶지는 않았다. 이 다음에도 또 실망만 하고 말지라도 이미 나의 습관이 되어 버린 그 일을 그만둘 수는 없을 것 같았다.

조금은 힘들고, 조금은 슬프고, 조금은 아플지라도 그 삶과의 길고 긴 로맨스를 다시 시작해야 할 것 같았다.

"준범아, 니 학교 좀 나온나."

비정상에게서 전화가 왔다. 방학이라 보충 수업도 없고, 자율 학습도 없는데 비정상은 굳건히 교무실을 지키고 있었다.

우리 반 친구들 중에 4년제 대학에 합격한 친구는 2명이었다. 비정상은 그다지 좋지 않은 합격률에도 전혀 웃음을 잃지 않고 있었다.

"샘예, 아들이 많이 안 붙어서 속 안 상하십니꺼?"

"임마, 어데 4년제 대학만 학교가. 전문 대학 시험은 아직 치
지도 않았다 아이가. 우리 반 아들 전문 대학은 마이 안 붙것
나? 괘안타."

절대 절망하지 않는 저 정신력. 무한 긍정주의는 진짜 본받
을 만하다.

"준범아, 니 학원은 등록했나?"

"네. 샘예. 영남학원에 등록했심니더."

"동작 빨라서 좋다."

"자, 그라면 나가자."

상담할 일이 있어서 나를 부른 줄 알았는데 선생님은 두어 마
디 하더니 나가자고 재촉했다.

"샘예, 어데 가는데예?"

"글마 말 많네. 고마 따라온나."

선생님과 함께 간 곳은 학교 앞 호프집이었다.

"아주머이, 요 맥주 세 병 주이소."

겨울날에는 소주, 여름날에는 맥주가 딱 제격인데 추운 겨
울날 선생님과 제자가 마주 앉아 마시는 맥주. 생각보다 짜릿

했다.

"준범이 좋겠네. 인자 술도 눈치 안 보고 마시고 싶은 대로 마시고."

"샘예, 저 술 잘 안 마십니더예. 그라고 대학 합격할 때까지 잘 안 마실낍니더예."

"안 마시면 안 마시는 기지. 잘은 머고."

"에이, 샘예. 그래도 친구 생일이나, 공부하다가 억수로 스트레스받으면 한 잔씩은 안 해야 되겠습니꺼."

선생님은 손으로 감자를 먹이는 시늉을 했다. 나는 선생님의 시늉을 따라했다.

"아이고 샘예, 제자한테 이기 멈니꺼?"

"아줌마, 맥주 세 병 더요."

할 말 없을 때는 잘도 피해 가신다. 주문이 반복되었다. 우리 테이블에 맥주병이 쌓여 갔다.

"준범아, 니는 꼴랑 2년 반 공부했대이? 딴 아들은 중학교 3년, 고등학교 3년 죽자 살자 해도 대학 갈까 말까데이. 그런데 꼴랑 2년 반 공부해 가 대학 갈라먼 도둑놈 심보 맞제? 니가 와 재수하는 줄 아나. 그거는 신이 이미 정해 난 일이다. 니 같이 열시미 하는 놈 삐리리한 대학 말고, 좋은 대학 가라고 신이 니한테 재수시키는 기다. 알겠나?"

취해야 했지만, 취한 목소리로 이야기했지만, 비정상의 말은 전혀 취한 상태의 그것이 아니었다. 그 말을 들으니 더 독기가 올랐다. 재수를 하기로 결정하면서 마음을 단단히 먹었지만 '신이 좋은 대학 가라고 니한테 재수시키는 기다.'라는 선생님의 말씀이 내 의지에 어퍼컷을 날렸다.

"예. 알겠심더. 샘예."

테이블에 맥주병이 꽉 채워진 후에야 선생님과 나는 맥줏집을 나섰다.

"준범아, 니 재수가 무슨 뜻인지 아나? 입학 시험에 떨어지고 다음 시험에 대비해서 한 해 더 공부하는 기 재수가 아니데이. 재수는 인생의 재수라는 뜻이데이. 재수 좋다, 할 때 그 재수 말이다. 재수를 안 해 본 사람이 인생을 우째 알겠노. 대학 못 가는 재수는 니 인생 최고의 재수 좋은 일이 될 끼다."

역시 국어 선생답다고 하지 않을 수 없었다. 재수 과정을 인생의 재수로 삼으라니. 그렇게 생각하니 재수 과정도 꽤 괜찮을 것 같다는 근사한 느낌이 들었다. 비정상은 잠시 후 나의 귀를 잡아당기더니 그보다 더 근사한 말을 귓속말로 속삭였다.

"준범아, 이 샘도 재수 출신이데이."

학원 비애

힘들다, 아프다, 슬프다.

사람들은 이런 말을 입에 달고 산다.

나 역시 그랬다. 하지만 살아가면서 삶이 주는 한 가지 위안 거리를 알게 되고는 조금은 무덤덤해지게 되었다.

이 세상 모든 일이 실제로 맞부딪쳐 보면 우리가 걱정했던 것보다 그리 나쁘지 않다는 사실이다.

재수라는 또 하나의 삶이 펼쳐질 시간.

그날은 도살장에 끌려가는 소의 심정도, 그렇다고 해서 덩실 덩실 춤이라도 추고 싶은 심정도 아니었다. 이도 저도 아닌 어중간함의 시소를 오르락내리락하는 마음 상태.

양념 반 후라이드 반이 아니라 걱정 반 새로운 희망 반으로 재수 학원의 문을 두드렸다.

지난 3년간 타고 다니던 2번 버스가 아닌 35번 버스를 타야하는 낯섦. 그것 외에는 동아상고로의 등굣길이나 재수 학원으로의 등굣길이나 다를 것이 없었다.

버스에서 내려 재수 학원으로 대망의 첫발을 내딛던 날.

약간의 설렘을 안고 강의실 문을 연 나는 깜짝 놀랐다. 이게 웬 노털들의 집합소인가. 첨단의 패션과는 너무도 동떨어진 국방색 점퍼로 중무장한 형님들로 가득 차 있었다.

재수 학원에는 재수생들만 있을 것이라고 생각한 나는 구성원들의 다양한 연령에 놀랐다. 그곳에선 내가 제일 어린 나이처럼 보였고 실제로도 그랬다.

"나는 사수."

"나는 오수."

군대를 다녀온 장수 형님들로 가득한 학원. 어이없게도 그곳에서 재수는 명함도 내밀지 못하는 상황이었다. 아니, 젖비린내 나는 재간둥이 정도였다. 이렇게 수많은 형님들이 학원을 장악하고 있을 줄이야!

"어이. 니는 어느 학교 나왔노?"

척 보기에도 나보다 대여섯 살은 많아 보이는 사람이 물었다. 이이? 어이없는 저런 명칭으로 나를 부르다니.

건성으로 대답했다.

"내는 동아상고 나왔는데요."

"니는 재수제?"

"예. 저 행님은?"

"묻지 마라. 괴로우니깐에."

그러면서 자기는 나한테 왜 묻는 건지. 앞으로의 1년도 갑갑함의 연속이 아닐지 심히 걱정되었다.

학원은 말 그대로 자율이 보장되는 곳이었다. 담배를 피고 싶을 때는 피면 되고, 술 마시러 가고 싶으면 술 마시러 가면 되고, 자율 학습 하기 싫으면 조퇴하면 되고. 그러다 대학 못 가면 되고.

"너그 알다시피 이 학원이라는 곳은 너그들이 어떻게 하느냐에 따라서 달라지는 곳이다. 놀고 싶은 것 참고, 자고 싶은 것 참는 놈한테 대학이라는 영광이 주어지는 곳이다. 너그들이 공부하기 싫다고 강제로 누가 해라고 하는 사람도 없다. 무한 책임이 따르는 곳. 그기 바로 학원이라는 데다."

학원의 담임 선생님은 우리들에게 무한 책임을 강조했다. 아니 강요했다. '대학을 가든 못 가든 그건 학원 책임이 아니라 너희들 책임이다.'라는 떠넘기기식 책임 강요였다. 물론 나는 '스스로를 잘 컨트롤할 수 있을 거야.'라고 생각했다.

그리고 잘 해낼 자신도 있었다. 이 한 해를 잘 견뎌 낸 후 당당히 대학에 합격할 것이라고 굳게 믿었다. 나는 책을 펼쳐 들고 공부에 열중하기 시작했다. 누구나 처음 새로운 환경을 접하게 되면 열심히 하리라 맹세하지 않는가.

책을 펴고 이것저것 살펴보았다. 재수의 과정은 고등학교 시절 배운 것을 다시 배우는 것이다. 그런데 이게 웬일인가. 문제집과 참고서를 펼치자 '이런 내용도 있었나?' 하는 생각밖에 들지 않았다. '지난 2년간 내가 배운 것을 잘 복습만 하면 성공할 수 있을 거야.'라는 나의 과도한 믿음은 꼬꾸라져 버렸다.

'도대체 이게 뭐야?' 다 배웠던 것인데도 새롭게 느껴졌다. 아니 '이걸 배운 적이 있었던가?'라는 착각이 들었다. 내 기억력을 한탄해야 하는 건지, 내 현실을 한탄해야 하는 건지 갈팡질팡이었다.

나만 이런 걸까? 아니면 모든 사람이 그렇게 느끼는 걸까? 주위를 둘러보았다. 저 많은 장수 형님들. 하기야 배운 걸 또 본다고 모두 알 것 같으면 저 무수한 장수 형들이 왜 여기에 앉아 있겠는가. 저들에게도 아마 몇 년째 이맘때면 다시 펼치는 참고서와 문제집이 생전 처음 보는 것처럼 느껴지리라. 그런 생각을 하니 장수 형들이 불쌍하게 느껴졌다. '저 형님들도 처음 재수를 할 때는 나처럼 맹세하지 않았을까?'라는 생각이 들었다.

갑자기 찌릿, 하고 두려운 생각이 몰려왔다. 저들처럼 대학이 아니라 학원에 몇 년 동안 꾸준히 돈을 보태어 주게 되는 것은 아닌지 하는 걱정이 든 것이다.

사람에게는 참 어리석은 점이 한 가지 있다. 누구나 자신의 인생은 잘될 것이라고 믿는다는 점이다. 자신에 대한 무한 낙관주의. 그러나 실제로 자신이 원하는 그대로 인생이 움직이는 사람은 극히 드물다. 결국은 원하지 않는 방향으로 흘러가 버리고 마는데도 불구하고 막연히 자신의 인생은 잘될 거라고 믿어 버린다.

여기에 앉아 있는 저 무수한 노땅 형님들 또한 매년 대학에 입학하리라는 낙관주의로 일관했을 것이다. 그럼에도 불구하고 이곳이 자신의 아지트라도 되는 양 떠나지 못하고 있었다.

학원에서의 내 삶의 자세를 한번 되돌아보았다. 대충대충, 어영부영, 미적미적, 어슬렁어슬렁. 이런 것이 내가 현재 인생이라는 게임에 임하는 자세는 아닌지 생각해 보았다.

문제지를 펼쳤다. 나는 바짝 잡아당겼다, 나의 정신줄을.

재수생 신분이라는 것이 참 묘했다. 이것도 아니고, 그렇다고 저것도 아니고. 학생도 아니고, 일반인도 아닌 묘한 경계인. 반쪽짜리 인생이었다.

말 그대로 재수생은 사람이 아닌 주변인이었다. 길거리에서 담배를 피우고 있으면 어른들은 우리를 보며 이렇게 중얼거렸다.

"학생이 길거리에서 담배 피면 되나?"

하지만 버스를 탈 때면 버스 기사에 의해 우리의 신분은 이단 변신을 했다.

"왜, 학생 회수권을 냅니꺼? 빨리 일반인 요금 내이소."

대학생은 어른 대접을 받았지만 재수생은 어른이 아니라 어른 무늬를 한 학생일 뿐이었다. 같은 나이의 대학생과 달리 재수생은 왜 이런 대접을 받아야 하는 건가, 가끔씩 의문이 들곤 했다. 주변인으로서 나는 공부하고 또 공부하고 그러다 아주 가끔 고등학교 친구들을 만나 술을 먹고 또 공부했다.

사춘기를 지나 버린 나이. 키는 더 이상 자라지 않았지만 잠을 자지 않은 만큼, 책상에서 엉덩이를 붙이고 있는 만큼 나의

성적은 조금씩 자라났다. 그럴 때면 꼭 악의 구렁텅이로 끌고
들어가려는 음해 세력이 생기게 마련이다.

"어이, 준범아. 니는 여자 친구 없나?"

자기는 여자 친구가 있는 3수 형이 나에게 물었다.

"내는 여자 친구 없는데요."

"니는 와 여자 안 사귀노? 임마가 인생의 아름다움을 모르
네."

고마웠다. 그래도 안 사귄다고 해 주니. 안 사귀는 것이 아니
고 못 사귀는 것이 정답이니까. 피식 웃었다.

"내가 소개팅 함 시키 주까? 생긴 거는 멀쩡한 놈이 요새 연
애 못 하면 장애인이데이."

장애인이라. 자기 마음대로의 참 좋은 해석이다.

'이번에 떨어지면 대학이고 뭐고 군대에 끌려가야 하는 그런
긴박한 상황에서 연애를 하고 있는 형은 정신지체장애예요.'라
고 이야기해 주고 싶었지만 참았다. 고개를 푹 숙이고 문제집에
코를 처박고 문제를 푸는 척했다.

"일마야, 공부만 한다고 머릿속에 거기 다 들어가나. 가끔씩
은 머리를 식히 줘야지."

그래. 너의 결점은 늘 머리를 식히고 있다는 거다. 누군들 여자를 사귀고 싶지 않겠는가. 학원, 집, 학원, 집을 반복하다 아주 가끔씩 친구들과 소주잔 기울이는 게 다인데 어디서 여자를 만난단 말인가. 물론 미팅을 하거나 소개팅을 할 수도 있었지만 그런 호사를 부릴 상황이 아니지 않은가.

여자를 만날 곳은 같은 신세의 학원이라는 철창 안의 여학생들뿐이다. 그러나 학원에는 공부에 찌들리고, 게으름에 찌들려 머리도 제대로 안 감고 오는 밥맛없는 여학생들 아니 재수생들이 대부분이다.

물론 학원 안에도 예쁜 여학생들이 가끔씩은 있다. '야 죽이는데.'라는 감탄사가 절로 나오는 아이들 말이다. 저 정도면 내 여자 친구로 손색이 없겠다는 생각이 들곤 하는 여자 아이들이 있다.

그런데 참 이상한 일이다. 그런 여학생들은 어김없이 사수 이상의 장수생 예비역 형들과 커플이 되고 마는 것이었다. 예쁜 여자 아이들은 왜 촌빨 날리는 군복 점퍼를 입고 다니는 예비역들 곁에 파묻혀 지내는 건지 이해가 되질 않았다.

비슷한 또래의 깔끔한 핸섬보이인 나 같은 아이에게 끌리지 않고 덥수룩한 수염에 지저분의 극치인 옷을 입고 다니는 노털에게 왜 끌리는 걸까? 이해도 안 되고, 납득할 수도 없었다. 하지만 현실을 인정하지 않을 수도 없었다. 나는 여친이 없으니까. 거기다 나를 좋아해 주는 여자는 더더욱 없으니까.

학원에서 한 쌍의 바퀴벌레 같은 장수 형과 여자 아이를 보면 속으로 악담을 해 댔다. '아이고. 역시 올해도 너희들은 대학은 글렀겠구나.' 하고 말이다. 그러다 더 꼴불견으로 보일 때면 이렇게 한 수 더 보탰다. '그러니까 고등학교는 졸업했지만 학원은 졸업을 못 하지.' 하고 말이다. 사실을 고백하자면 꼴불견일 때가 아니라 부러울 때지만.

그런 악담을 한바탕 내뱉고 나면 나는 '이거 왜 이래 왕년에 나도 왕 퀸카하고 사귄 몸이라고.' 하고 스스로를 위안하곤 했다. 잊고자 했던 경진이가 슬그머니 떠올랐다. 이상했다. 헤어짐은 분명 좋지 않은 결말이었지만 첫사랑을 떠올릴 때면 늘 미소가 머금어진다.

첫사랑, 그리움, 추억. 그런 것들이 때로는 살아가는 힘이 된다는 사실을 알게 되었다.

연필을 꼭 잡고 다시 공부 모드로 돌입했다. '대학 가서 여자 사귀려면 공부 열심히 해야지.'라는 굳센 각오로.

그러나 그런 각오도 늘 지속될 수 있는 것은 아니다. 하루하루가 흘러갈수록 답답함이 커져 갔다. 다람쥐 쳇바퀴 돌듯 똑같은 일상에 똑같은 강사에 똑같은 사람들. 그 속에서 공부하고 있는 나.

머리가 혼란스러워졌다. 재수 안 하고 전문 대학의 괜찮은 과라도 갔어야 하는 것인가, 아니면 부산이 아닌 지방의 이름도 생소한 4년제 대학이라도 갔으면 좋지 않았을까 견주어 보곤 했다. 모 전자 제품 광고에서도 순간의 선택이 10년을 좌우합니다, 라고 했는데 내가 고심 끝에 내린 결정이 잘못된 결정은 아닐까 혼란스러워졌다.

햇살 따스한 지금은 5월, 대학교 축제 기간. 누군가는 파트너와 함께 대학 캠퍼스를 누비고 있을 테고, 누군가는 MT를 간다고 들떠 있을 테고, 누군가는 대학의 낭만에 취해 막걸리 통을 비우고 있으리라.

그런데 나는? 퀴퀴한 공기로 둘러싸인 강의실에서 저 닭살 학원 커플들을 보고 있자니 울화통이 치밀었다. 내가 지금 도대체 뭐가 못나서 이런 꼴일까 하는 생각이 들었다. 나보다 더 공부 안 하고, 더 게으른 놈들도 대학이라는 곳에 비까번쩍하게 합격했는데 내 신세는 왜 이 모양인 건지.

한숨이 절로 나왔다. 스스로의 모습을 되돌아본다는 것이 때로는 비참할 수 있다는 사실을 알게 되었다. 이 초라한 모습을 역전시킬 방법은 단 한 가지. 당당하게, 멋지게, 폼 나게 대학에 딱 붙는 길뿐이었다.

간절히 기원했다. 제발 나의 선택이 잘못된 선택이 아니기를. 재수를 하겠다는 나의 결정이 미래의 나의 인생을 다이아몬드처럼 빛내 주는 결정이 되어 주기를…….

찌는 듯한 더위. 강의실에 들어올 때면 숨이 턱 막혔다. 70명이나 되는 건장한 재수생들이 뿜어 대는 열기는 엄청났다.

나는 우리 반 팻말을 흘낏 보았다.

'연고대반'

피식 웃었다. 사실 우리 반에는 연세대나 고려대 근처에 갈 사람이 단 한 명도 없다. 부산에 있는 얄궂은 대학조차도 감지덕지인 사람이 대부분이다. 그럼에도 불구하고 왜 우리 반 장수 형들의 성적에는 어림도 없는 연고대반이라고 붙여 둔 걸까? 답은 간단하다. 그 이유를 물으면 학원 담임은 닳고 닳은 문장 보이스 비 앰비셔스 즉 소년이여 야망을 가져라, 라는 뜻에서 그렇다고 변명을 할지도 모른다.

그러나 실제 이유는 전혀 그렇지 않다.

서울대, 연세대, 고려대. 학력 만능주의, 학력 제일주의에 절어 있는 대한민국의 수많은 학부모들. 그 중에서 우리 학원의 학부모들은 저 팻말을 떠올리며 흐뭇한 표정으로 학원비를 충실 납부하기 때문이다. 단 1%의 가능성도 없는 확률을 거의 50% 이상은 된다는 심각한 착각을 하며 말이다.

사실 '연고대반'이라고 떡하니 붙여 놓은 것, 그것은 우리들의 미래에 대한 예의 부족이었다. 실현 가능성 없는 희망, 그것은 미래를 더욱 암울하게 만들 수 있는 일이기 때문이다. 아무튼 나는 연고대는 꿈도 꾸지 않고 있는 현실 직시형 인간이었기에 그딴 것은 별로 중요하지 않았다.

마이 웨이. 좀 더 발버둥을 쳐서 내가 마음에 담아 둔 대학에만 가면 그만이니까.

학원 사람들에게 내가 야구 선수 출신이라는 것을 밝히지는
않았다. 뭐 특별한 이유가 있었던 건 아니었다. 학원에서는 싸
울 일이 없었다. 즉 야구부 출신인 나는 거칠고 만만치 않은 놈
이라고 광고를 할 필요는 없었던 것이다. 그러나 야구부 출신
이라는 것이 뿌듯했다. 고등학교 1학년 때까지 야구를 하고 이
정도 성적까지 올라온 것만 해도 스스로를 칭찬해 주고 싶었기
때문이다.

재수를 하면서 참 좋은 환경에서 공부하고 있는 아이들이 많
다는 사실을 깨달았다. 학원을 마치면 과외를 하는 친구들이 많
았다. 동아상고에서는 상상도 못 하던 일이었다. 재수시켜 주
는 것도 감지덕진데 과외는 실행 불가였다.

최첨단 무기들이 득실한 전쟁터에서 나는 겨우 돌도끼를 들고 있는 격이었다. 그 구식 무기로 승리를 꿈꾸고 있다니.

하지만 한 가지 다행스러운 일이 있었다. 그렇게 과외를 하는 사람이라고 해서 돈을 투입한 만큼 성적이 정비례하는 것은 아니라는 사실이었다. 돌도끼든 뭐든 이기기만 하면 그만 아닌가. 대신 나에겐 구식이지만 성능 좋은 노력이라는 비장의 무기가 있지 않은가. 듣고, 쓰고, 외우고, 풀다 보면 떡하고 붙을 수 있지 않겠는가. 무식하지만 가장 정직한 방법으로 공부했다.

나는 싸움의 귀재가 되어 가고 있었다. 더위와 싸우고, 학원 밖을 나가면 유혹과 싸우고, 독서실에 가면 졸음과 싸우고.

"우리 이번 주말에 1박 2일 정도로 바다에 함 갔다 오는 거 어떻겠습니꺼?"

4수생 형이 자습 시간에 불쑥 일어서더니 가당찮은 우리 연고대반 사람들에게 제안했다.

"이 더운 날에 참고서에 코 처박고 있는다고 해 가꼬 그기 머리에 들어오겠습니꺼? 자동차 알지예? 자동차 엔진을 1년 내내 켜 놓으면 어째 되는 줄 압니꺼. 기냥 폭발해 뿌립니더. 인제 우리 시동도 잠시 꺼 둘 때가 되었는 기라. 대학생들만 MT 가라

는 법 있습니꺼. 우리도 함 갔다 오 뿌립시더. 어떻습니꺼? 찬
성하는 사람?"

　사람들은 멀뚱멀뚱 서로의 눈치만 살폈다. 제일 먼저 손을
든 것은 그 형의 여자 친구였다. 그 여자가 손을 들자 그 여자
와 친한 친구가 손을 들었고, 친한 친구가 손을 들자 그 여자의
남자 친구가 손을 들었다. 무슨 줄줄이 비엔나소시지처럼 사람
들이 하나둘씩 손을 들었다. 그래도 절반도 안 되는 숫자였다.

　"머, 1박 2일이라꼬 그래 시간을 마이 잡아 묵는 거는 아입니
더. 토요일 오전에 학원에서 자습하다가 오후에 출발해 가지고
다음 날 저녁에 오면 안 됩니꺼. 어차피 일요일은 공부 잘 안 되
니깐에 함 갔다 오입시더. 머릿속에 바닷바람을 시원하게 함 씨
아 주야 머리도 팽팽 잘 돌아갑니더."

　목에 힘주어 말했지만 손을 드는 사람이 그 이상은 없었다.
내 옆에 있던 3수생 종일이 형이 물었다.

　"준범아, 니도 갈 끼가?"

　"미쳤나? 행님아, 지금 상황이 어떤 상황인데 1박 2일 동안
이나 공부 안 하고 놀러를 간단 말이고?"

　"글채, 니도 그래 생각하제?"

　종일이 형과 나는 끝내 손을 들지 않았다.

"자, 그러면 MT 갈 사람은 이쪽으로 좀 모이소."

강의실 뒤편에 모인 그들은 깔깔깔깔, 하하호호 아주 신이 나 있었다. 분위기는 이미 어수선해져 있었다. MT 갈 계획이 없는 사람들 사이에도 분위기가 붕 떠 버린 것 같았다. 참석 안 한다고 했지만 과히 기분이 좋지 않았다.

"씨발, 분위기 잡치고 있네. 그라이까 4수나 하지."

종일이 형에게 아주 작은 목소리로 말했다.

"준범아, 니도 같이 가지?"

종일이 형에게 그 이야기를 하자마자 MT를 주선했던 형이 나에게 말했다.

"내는 안 갈낍니더. 시간 없습니더."

뒤도 돌아보지 않고 대답했다.

"그래? 그러면 니는 우리 바닷가에 있을 때 학원에서 열씨미 공부해라."

한심한 생각이 들었다. 아니 솔직히 한심함의 절반은 부러움이었다.

MT를 가는 무리들은 뒤에 모여서 연습장에 무언가를 열심히 적어 대며 계획을 세우고 있었다. 미리 준비를 해 두었는지 지도까지 펼쳐 두고 와자지껄 계획을 세웠다.

시끄러운 소리를 듣고 있자니 슬슬 부아가 치밀어 올랐다. '어휴. 1박 2일 여름휴가 계획은 그렇게 집중해서 잘 세우면서 인생 계획은 한 번이라도 제대로 세워 본 적이 있니?'라고 묻고 싶었다.

그날 하루 종일 가는 그들은 들떠 있었고, 안 가는 우리는 침울해 있었다. 왕따가 따로 있는 게 아니었다. 그 무리의 대다수가 하는데 자신은 하지 않으면 그것은 자연히 왕따로 자신의 소속을 변경시키는 행위가 되는 것이다. 그날은 한 마디로 개떡 같은 기분이 하루 종일 지속되었다.

"야, 씨발. 기분도 그런데 저녁 무러 가자."

"알았심더 햄예."

"우리 간만에 밖에 나가서 묵자. 학원 식당 음식도 인자 질린다."

종일이 형과 나는 학원 밖으로 나왔다. 사실 나는 공부가 끝나지 않은 상태에서 학원 밖으로 잘 나가려고 하지 않았다. 다른 것은 다 참을 수 있지만 어깨에는 가방을 메고 한 손은 여자친구의 손을 잡고 거리를 활보하는 대학생을 보면 울화통이 치밀었기 때문이었다.

그럴 때면 '못 생긴 게 어디 길거리에서 여자 손을 잡고 활보를 하고 있어?', '차라리 길거리에서 키스를 하지 저게 뭐냐?', '대학생이 공부는 안 하고 저렇게 하고 다니니 대한민국이 발전을 하겠어?' 등 말도 안 되는 혼잣말을 해 댔다.

물론 그것이 나의 못난 자격지심이라는 것을 인정하지 않을 수는 없었지만 말이다. 그런 이유로 맛은 지지리도 없고, 밖의 식당보다 그다지 싸지도 않지만 되도록 학원 안의 식당을 주로 이용했다.

그런데 오늘은 그럴 기분이 아니었다. 남들은 1박 2일 뭉텅이로 시간을 빼서 놀러 가는데 우리도 이 정도 사치는 해 주어야 할 것 같았다.

"아주머이, 여개 김치찌개 두 개 주이소. 밥은 팍팍 담아 주소."

종일이 형의 목소리가 식당에 울려 퍼졌다. 재수나 3수를 하게 되면 말이 조금 없어지는 법이다. 많이 떠드는 유쾌한 분위기는 어째 재수생과 3수생에게 맞지 않는 옷처럼 느껴지기 때문이다.

형과 나는 밥이 나올 때까지 묵묵히 주위만 두리번거렸다. 그런데 볼품없는 달력에 적힌 글귀 하나가 나의 눈에 들어왔다.

'꿈이 뭐냐고 물었을 때 3초 안에 대답하지 못한다면 그 사람은 꿈이 없는 것이다.'

망치로 머리를 맞은 듯 멍해졌다.

"행님아, 행님 니는 꿈이 머고?"

"머슨 꿈, 임마가 갑자기 그거는 머할라고 묻노?"

나는 다급하게 물었다.

"시간 없다. 행님아. 꿈이 머고?"

종일이 형은 귀찮다는 듯이 말했다.

"몰라. 임마."

내 꿈은? 간절한 내 꿈은? 나에겐 내가 목표로 하는 대학과 학과가 있지 않은가.

내 꿈은 무엇이다 당당하게 외칠 수 있었다, 나는.

그것을 이루어 낼 수 있는 희망이 있기에 이 힘든 시간들을 충분히 이겨 낼 수 있을 것 같았다.

꿈은 사람을 배부르게 해 주지 않는다. 하지만 꿈은 나에게 고단한 현실을 이겨 낼 수 있는 힘을 선물해 주었다. 꿈. 그것은 참 좋은 밥이었다.

바캉스 떠나는 여름이 여름인지 모른 채, 독서 캠페인을 하고 있는 가을이 가을인지도 모른 채 시간은 흘러가고 있었다.

"준범아."

앗, 낯익은 목소리였다. 학원 형들의 걸쭉한 목소리도 아닌, 강사 선생님의 목에 가래 낀 소리도 아닌 목소리. 상우였다.

"어? 사, 상우야."

상우는 앉아 있는 나를 내려다보고 있었다.

"자식, 열심히 공부하네."

"그라믄 임마, 열심히 하고 있지."

우리는 서먹했던 시간들을 잊어버리고 있었다. 시간은 꽤 효과 좋은 치료제였다. 아니 사실을 말하자면 마음속으로 늘 상우를 내 곁에 두고 있었다. 상우를 와락 끌어안고 싶었지만 왠지 팔이 나가질 않았다. 아직까지는 조금 쑥스러웠다.

우리는 복도의 자판기 앞으로 갔다. 100원짜리 동전 하나씩을 넣고 커피를 뽑았다.

"어째 지냈노?"

"그냥 지냈지, 임마."

그냥. 말문이 막힐 때 써먹기 참 좋은 말이다.

"니, 성적 많이 올랐나? 니가 원하는 거게 갈 수 있겠나?"

피식 웃었다.

"새끼, 또 내 걱정이네. 내는 니가 걱정이다. 임마. 진짜 어째 지냈노?"

"슈퍼에서 배달하고 지냈다."

상우의 얼굴에는 웃음이 번졌다. 그 표정을 본 나는 우황청심환을 먹은 듯 안심이 되었다. 나는 마음속으로 상우에게 사과를 했다.

'상우야, 미안해. 내 진심은 그게 아니었는데…….'

상우도 나에게 그런 말을 건네는 것을 느낄 수 있었다. 상우의 멋쩍은 미소를 보면서 그 사실을 느낄 수 있었다.

나는 그때부터 따발총처럼 물어 대기 시작했다. 어디에서 있었고, 어머니는 어떠시고, 다시 공부 시작해서 전문 대학이라도 가 볼 생각은 없느냐 등등 못 본 시간만큼 쌓인 궁금증을 캐물었다.

상우는 담담하게 하나씩 답했다.

"새끼, 내 이 학원 다니는 줄 어째 알았노?"

"니가 임마. 돌아다녀 봐야 이 형님 손바닥 안이지."

"웃기고 있네. 니가 이 형님 손바닥 안이지."

그래. 그랬는데, 그러고 싶은데, 앞으로도 계속 네 손바닥

안이고 싶다.

"야, 상우야. 우리 오랜만에 함 안아 보자."

"와 이라노 임마. 이기 미친나?"

"에헤이, 일로 와 봐라."

간만에 상우를 안아 보았다. 참 푸근했다.

"내, 가께. 열심히 공부해라이."

"조금만 기다리라. 내 수업 끝나면 소주 한잔 하고 가라."

"안 된다. 내도 저녁에 할 일도 있고, 니 시험 얼마 남았다고 술 묵노. 시험 끝나고 나면 니 술 먹지 말자 해도 내가 따라다니면서 니 괴롭힐 끼다."

불안했다. 상우가 다시 내 눈앞에서 사라지는 건 아닌지 걱정이 되었다. 결국 상우가 일하는 슈퍼 전화번호를 받아 들고 난 후에야 안심할 수 있었다.

상우를 만난 다음 날부터 나는 배터리를 충전한 로봇처럼 변신했다. 그토록 나를 괴롭히던 잠과의 전쟁에서도 이길 수 있었고, 지치지도 않았다. 든든한 응원군이 나를 지키고 있는 것처럼 느껴졌다.

일 년 전 이맘때, D-50일이었을 때를 나는 생생하게 기억하고 있었다. 그때는 재수를 한다는 각오가 있었기에 담담할 수 있었지만 지금은 전혀 그렇지 못했다.

나의 마음은 조마조마, 안절부절, 갈팡질팡이었다. 이번에도 떨어지면 내 인생은 막다른 골목, 아니 깊은 산속의 낭떠러지에 맞닥뜨리게 되기 때문이었다.

후퇴를 용납할 수 없는 임전무퇴의 상태. 자신감과 불안함이 내 마음속에서 따로 놀았다. 이번에는 꼭 붙을 수 있다는 자신감으로 무장되어 있다가도 혹시 떨어지면 어쩌나, 하는 불안감은 시도 때도 없이 불쑥불쑥 불청객이 되어 나타났다.

나는 전국의 고3 수험생과 재수, 3수생들이 대부분 해 본 적이 있다는 긴급 처방을 실시했다. 연습장을 한 장 찢어 크게 적었다. 그것을 독서실 책상에 떡하니 붙여 두었다.

'YES, I CAN!'

'나는 할 수 있다. 나는 할 수 있다.'

마음속으로 수도 없이 외치면 조금은 자신감이 생겨날 것만 같은 막연한 믿음. 진짜 효과가 있는지 없는지 알 수 없지만 어찌 되었건 그 처방을 믿기로 했다.

사람의 마음은 참 간사하여 아무것도 아닌 것에 위로 내지는 위안을 받는가 보다. 물에 빠지기 직전인데 지푸라기라도 잡아야 되지 않겠는가.

"준범이, 공부 열심히 하고 있제? 이번 모의고사 몇 점 받
았노?"

비정상이었다. 집으로 전화를 걸어온 비정상은 내 성적부터
물었다. 입시 원서에 도장을 찍기 위해 학교로 갈 것이었지만
그 사이를 못 참고 내게 전화를 한 것이었다.

"샘예, 이번 모의고사는 240점 받았습니더. 여태까지 235점
에서 243점 정도 나왔습니더. 어떻게 되겠습니꺼?"

"성적 많이 올렸네. 장하다."

비정상은 잠시 생각하는 듯했다.

"니, 아직 마음 안 변했나? 니 진짜 그 학교 그 과 갈 끼가?"

나는 목소리에 힘을 좀 주었다.

"예. 샘예. 저 같은 놈이 그게 가야지 누가 가겠습니꺼. 샘
예. 걸릴 것 같습니꺼?"

"아리까리, 간당간당하네. 좀 더 받으면 안정권인데 정신 집
중 해 가꼬 시험 잘 치야 되겠다."

비록 안정권은 아니었지만 비정상의 전화를 받고 힘을 얻을
수 있었다.

째깍째깍. 시간은 흘러가고 디데이는 점점 다가왔다.

시험을 앞두고 있으니 내 머릿속에는 시간이 가는 소리가 계속 들리는 듯했다. 단 한순간도 멈추지 않고 달려가는 내 인생의 시계를 잠시 멈추어 두고 싶었다. '조금만 더 시간이 주어진다면 진짜 잘할 수 있는데……'라는 생각이 들었다. '조금만 더 시간이 주어진다면 완벽하게 준비를 끝낼 수 있는데……'라는 생각이 들었다.

그러나 시간은 그걸 허락해 주지 않았다. 시계는 건전지를 꺼내 버리면 멈추어 버리지만 인생 시계는 결코 되돌릴 수도 멈출 수도 없는 것이기에.

그렇게 살아가야만 했다. 지금 이 시간은 내 인생에서 딱 한 번뿐인 것처럼. 하지만 안타까운 건 대부분의 사람들이 그 사실을 모든 것을 되돌릴 수 없을 만큼 늦어 버린 후에야 깨닫게 된다는 것이었다. 나 또한 그랬다.

발등에 불이 떨어진 나. 방법이 뭐 있겠나. 남은 시간이라도 죽을 둥 살 둥 매달리는 수밖에.

입학 원서를 작성하러 동아상고에 갔다. 비정상은 고3 진학반 후배들에게 우리에게 했던 것과 똑같이 칠판에 가득 판서를 해 가며 목소리를 높이고 있었다.

"선생님예, 원서에 도장 좀 찍어 주이소."

"그래, 함 보자."

비정상은 흐뭇한 웃음을 지었다.

"짜식, 결국에는 여게 쓰는구만."

"샘예, 제가 갈 데가 어데 있겠습니꺼? 내 꿈인데 여게 써야
지예."

"인자 얼마 안 남았다. 열심히 해라이. 시험 끝나고 한잔 하자."

"네. 선생님. 수고하십시오. 꼭 붙어서 오께예."

선생님은 다시 교실로 돌아가시다 나에게 엄지손가락을 세
워 보이며 이렇게 말씀하셨다.

"준범아, 니는 역시 내 제자데이."

해 보니 별것 아니었다. 재수라는 것, 부딪쳐 보기 전에는 두렵고, 겁나기만 하던 것이 실제로 해 보니 별것 아니었다.

세상에서 가장 느리게 가는 시계는 국방부 시계라고 한다. 아마 그 다음쯤은 될 재수 학원 시계도 지나고 나니 후딱 흘러가 버렸다.

일 년이라는 학원 생활을 어떻게 보낼까, 하는 고민도 이제 더 이상 하지 않게 되었다. 어, 하는 사이 아, 하고 벌써 다 와 버렸기 때문이다. 어쨌건 그 시간을 견뎌 왔고, 결국 포기하지 않고 마지막 종착역까지 달려온 것이다.

결과보다 더 아름다운 것이 과정이라고 하지만 시험에서 과정은 결코 중요한 것이 아니다. 합격은 아름다운 과정, 불합격은 아름답지 못한 과정이라는 단순한 이분법적인 나눔이 세상 사람들의 판단 기준이기 때문이다. 그래서 시험 결과 발표를 앞두고 나는 좌불안석이었다.

합격이냐 불합격이냐 하는 시험 결과에 대한 불안감. 고백하자면 그것보다 더 나를 불안하게 하는 것은 재수생 신분으로 일 년이 다시 한 번 더 되풀이 되지 않을까 하는 심난함이었다.

나는 합격자 발표가 있는 그날까지 안절부절못했다. 이런 순간에 침착함과 냉정함을 유지하고 있다면 그것은 사람이 아니라 괴물에 가까운 것 아니겠는가.

발표 당일 새벽. 나는 지원한 대학의 교문 앞을 어슬렁거렸다.

"귀하의 수험 번호를 입력해 주세요."

"네. 축하합니다. 귀하는 합격하였습니다."

"응시 번호 ○○○ 귀하는 불합격입니다."

지난 몇 년간의 노력을 단 한 번에 표현해 주는 이런 비정함. 지난해처럼 전화 ARS로 합격자 조회를 해 보기에는 내 간이 너무 작았다.

나 같은 놈이 꼭 한 놈 더 있었다. 우리는 서로의 얼굴을 멀뚱멀뚱 쳐다보며 교문이 열리기를 기다렸다. 교문이 열리자마자 게시판이 있는 곳으로 달려갔다.

'091326. 강준범.'

내 이름 석자가 있었다. 분명히 있었다. 눈에 살짝 눈물이 맺혔다. 그리 거창하지도 그리 대단할 것도 없었지만 나에겐 꽤 그럴듯한 엔딩 스토리였다.

재수가 인생의 재수가 되어 준 것이다. 합격과 불합격, 단어 하나의 차이가 내 인생의 무게를 전혀 다르게 만들어 주었다.

"샘예, 저 합격했심니더."

"진짜가? 내 그럴 줄 알았다. 니 오후에 학교로 뛰 온나."

버스는 씽씽 달렸다. 창밖의 풍경을 바라보았다. 아, 원더풀 라이프. 뷰티풀 라이프. 고맙다. 내 청춘아!

집으로 돌아가 이곳저곳 전화를 걸었다.

오후, 교무실 문을 열며 내 어깨는 당당하게 펴졌다. 목에 힘도 좀 들어갔다.

"선생님, 저 왔심니더."

"어, 왔나. 축하한데이."

비정상은 솥뚜껑 같은 오른손을 내밀며 악수를 청했다. 방학이라 텅 빈 교무실을 비정상 혼자 지키고 있었다.

비정상은 오버액션을 취했다.

"미안하다. 내가 손으로 써 가꼬라도 교문에 플래카드 하나 붙이 놔야 되는 긴데."

비정상은 책상을 정리했다.

"우리 나가서 이야기하자. 축하주 한잔 해야지."

비정상과 나는 일 년 전 함께 갔던 학교 앞 호프집으로 향했다.

한 병, 두 병 맥주병이 쌓여 갔다. 비정상과 나는 그다지 많은 말을 하지 않았지만 많은 추억들이 오고 갔다. 비정상은 진지하게 나를 쳐다보더니 이런 말을 했다.

"준범아, 니 선배 때렸을 때 기억나나?"

"아이고, 샘예 그 이야기는 또 와 하십니꺼? 아픈 과거를 후비십니꺼?"

"니 그 선배 안 때렸으면 대학 몬 갔을찌도 모른다."

이건 또 무슨 모기 뒷다리 긁는 소리인가.

"샘예, 그거는 무슨 말씀입니꺼?"

"니, 기억날 끼다. 선배 때리가꼬 내한테 맞고 대학 가고 싶다 캤제. 내는 그때 니 눈빛을 봤다. 아! 일마 정도의 눈빛이라면 멀 못 하겠노 싶더라고. '내 건드리지 마이소. 내는 꼭 대학 갈 낍니더.' 하고 이야기하는 것 같더라고. 꼭 독사 눈까리 같앗지."

독사 눈알. 내가 그런 눈빛을 가지고 있었단 말인가.

"내가 그때 이야기했제. 앞으로 살아가면서 지금 그 눈빛, 그 눈빛을 잊지 말라고. 준범아. 이제 니 인생의 새로운 시작이데이. 시작은 최고가 될 수도 있고, 최악이 될 수도 있는 가능성을 가진 시간이데이. 그 눈빛으로 머던지 최고는 아니라도 최선을 다하는 니가 되라."

나는 가만히 고개를 끄덕였다. 입술을 꼭 깨물며.

"준범아, 일나라. 우리 집에 가자."

"샘 댁에예? 에이, 뭐 할라꼬예?"

"이 자식아, 샘이 가자면 가는 기지. 머 이래 말이 많노."

택시를 타고 선생님 댁으로 향했다.

"여보, 술상 좀 차리 주이소. 그리고 얼음도 좀 가꼬 오이소."

"축하해요. 근사하게 차려 가야 하는데 별로 근사한 게 없네요."

사모님은 이미 나의 합격 소식을 들으셨는지 환하게 나를 반겨 주셨다.

"준범아, 앉아 있어 봐라."

선생님은 거실에 나를 앉혀 두고는 안방으로 들어가셨다. 장롱 문 열리는 소리가 들려왔다.

"자, 드디어 이거를 마시게 되네."

선생님은 양주 한 병을 꺼내 오셨다. 아! 저 양주. 어디서 많이 본 것이었다. 저 양주는 내가 일 년 전 졸업식 때 선물했던 그 국산 양주 아닌가.

"샘예, 이 양주를 아직도 안 드셨습니꺼?"

선생님은 나를 찬찬히 쳐다보셨다.

"준범아, 니 내가 술을 얼마나 좋아하는지 알제? 근데 있다 아이가. 니한테 이 술을 받고 나서 아무리 생각해 봐도 이 술은 몬 마시것더라. 이 술을 보고 내가 그때 맹세했었다 아이가. 준범아. 니가 대학교에 들어가는 날. 바로 그 날. 이 술을 몽땅 마시 삐릴 끼라고. 그기 3년이 걸리고, 5년이 걸리더라도 그 때 마실 끼라고."

"선생님."

샘예,라는 말 대신에 이상하게 선생님이라는 말이 나왔다. 더 이상 무슨 말을 할 수가 없었다.

얼음에 타서 마신 양주 한 잔. 차가운 술도 때론 뜨겁게, 아주 뜨겁게 느껴질 수 있다는 사실을 그때 알게 되었다.

가장 눈부셨던 젊음의 10대. 나는 어서 빨리 어른이 되고 싶었다. 대학에 가기만 하면 모든 문제가 해결될 것만 같았다. 내 인생을 스스로 개척할 수 있으리라 생각하곤 했다. 그랬기에 어른이 된 멋진 나의 모습을 상상하며 빨리 가지 않는 시간을 나무라곤 했던 시절이었다.

청춘의 꽃 봉우리 시절의 20대를 나는 건너왔다. 그러나 어른이 된 내 모습은 10대에 상상했던 것만큼 찬란하지는 않았다. 취업 걱정을 했고, 직장을 얻은 후 필요한 전셋돈을 걱정했고, 결혼을 걱정했다.

이제 나는 30대가 되었다. 지금, 나는 10대, 20대 때 가지고 싶어 했던 것을 가진 나이가 되었지만 오히려 역설적이게도 그 시절이 간절하게 그립다. 영원히 나이를 먹지 않을 것만 같았던 그 시절은 이미 가 버렸고, 내게는 찾아오지 않을 것이라고 생각했던 그 시절에 나는 서 있다.

30대가 된 나는 이제야 충분히 알 수 있을 것 같다. 인생에 있어 아름답지 않은 시절은 단 한 순간도 없다는 것을……. 인생에 있어 무엇을 하기에 늦은 시절은 단 한 순간도 없다는 것을……. 모든 인생의 축제의 날은 바로 지금이라는 것을…….

나는 그 축제를 지금도 고함 소리와 함께 즐기고 있다.

"어쭈, 빨리 안 뛰지?."

아이고 목이야. 그래도 다시 한 번 외친다.

"5초, 4초, 3초, 2초, 1초. 땡. 나머지는 전부 이리 와."

8시 정각을 알림과 동시에 나의 목소리는 더욱 커진다.

"샘예, 아직 8시 안 되었는데예."

"니 시계는 특수 제작한 시계가? 내 시계 봐라. 벌써 8시하고 1분이나 지났다."

나는 비정상이 오른쪽 겨드랑이에 꼈던 회초리와 유사한 회초리를 끼우고 교문 앞에 서 있다. 비정상이 20여 년 전에 했던 일을 나도 똑같이 하고 있는 것이다. 비정상이 선생으로서 멋있었고, 내 인생을 바꾸어 주었기 때문에 내가 선생을 하고 있는 것은 아니다. 선생이 그냥 딱 내 체질이기 때문이다. 남들 눈에는 선생인 내가 인생에서 큰 성공을 거둔 사람이 아닐지도 모른다. 그러나 나는 내 인생의 승리자라고 생각한다.

성공.

그것은 적어도 나에게는 사회적 지위나 명성도 아닐뿐더러 물질과 관련 있는 것도 아니기 때문이다. 자신이 하고 싶은 일을 지금 하고 있는 사람에게 주어지는 월계관 같은 것. 그것이 성공이라고 나는 단언한다.

드라마 속의 주인공처럼 특별할 것은 없는 내 인생이지만 간절히 원했던 고운 꿈 하나를 간직했었고, 그것을 이루고 살아가는 나는 성공한 인생이라고 믿는다.

아이들은 나를 체육샘이라고 부른다. 물론 내가 들을 때에만 그렇게 부른다. 만일 내가 안 들을 때면 아이들은 나를 몽정이라 부른다. 수학의 정석을 본 딴 '몽둥이의 정석'을 줄여서 몽정이라고 부르는 것이다.

"선생님, 아십니꺼? 아들이예. 선생님보고 몽정이라고 부릅니더."

아이들은 내가 이 별명을 알고 있다는 사실은 모르고 있다. 하지만 산전수전 다 겪은 나에게는 충실한 프락치가 있다. 나에 대한 소문이며, 아이들에 대한 이야기를 충실하게 들려주는 그 아이. 그 아이에게서 나에 관한 이야기를 들을 때면 나는 우리 반 아이들 앞에서 핏대 높여 말한다.

"너그들, 공부 열심히 안 하면 어째 되는지 아나? 인생 종치는 기다."

내가 아이들에게 이런 말을 하는 건 다 아이들의 인생을 위해서이다. 내가 아무리 떠들어 본들 아이들에게는 쇠귀에 경읽기에도 턱도 못 미친다는 사실을 나는 알고 있다.

하지만 그럼에도 불구하고 한 번씩은 소리 높여 잔소리를 해 댄다. 비정상 선생의 지치지 않는 잔소리와 무지막지한 빠말때기가 내 인생을 바꾸어 주었듯, 내 잔소리 한 마디에 그래도 다시 한 번 인생 방정식을 써볼 수 있는 학생이 있기를 바라면서.

햇살이 참 좋은 아침, 나는 이미 저녁을 생각한다. 오늘은 상우가 경영하는 슈퍼살롱에 들러 그 앞 평상에서 시원한 캔 맥주나 한 잔 해야겠다고.

작가의 말

안정된 직장, 적당한 유명세, 늘어가는 은행 잔고, 그리고 늘어나는 뱃살…… 나의 마흔 즈음의 어느 하루는 그렇게 무료하고 안정적이었다.

영화를 좋아하던 나는 늦은 밤 무명배우가 출연하는 영화를 보았다. 텅 빈 객석에 앉아 무덤덤하게 영화를 보았다. 그러나 영화의 끝 무렵에는 결코 무덤덤하지 못했다. 영화를 보는 내내 나의 10대 시절, 아니 나와 함께 시간을 보냈던 우리의 10대 시절이 떠올랐다.

극장에 올린 지 며칠이 되지 않아 막을 내린 영화 〈바람〉이었다. 당시에는 그다지 알려지지 않은 배우 정우가 출연했던 그 영화는 정우가 부산상고를 다니던 시절의 자전적 이야기를 바탕으로 한 영화였다. 그 영화에는 그의 10대가 그리고 우리의 10대가 잘 찍은 흑백사진의 추억마냥 고스란히 담겨져 있었다.

영화관을 나온 나의 가슴엔 둥둥 북소리가 울렸고, 10대라는 거칠고, 눈물겨웠고, 행복했던 시간을 다시 꺼내들게 만들었다.

집으로 돌아오자마자 나는 노트북을 켜고 나의 10대 시절, 우리의 10대 시절을 꺼내기 시작했다.

이 소설은 나의 자전적 성장소설이다. 그래서 더욱 소중하고 더욱 애틋하다.

배우 정우는 요즘 다시 〈응답하라 1994〉라는 작품으로 나의 10대 시절을 일깨워 주었다.

누구나에게 〈응답하라 1997〉이 있고, 〈응답하라 1994〉가 있다. 그리고 나에게는 〈응답하라 1992〉가 있었다. 그리고 또 누군가에게는 〈응답하라 1988〉, 〈응답하라 1994〉도 있을 수 있다. 이 소설은 누군가의 그 응답하라 0000년에 대한 이야기다.

드라마 〈9회말 2아웃〉에서 수애가 분한 홍난희는 이런 말을 남겼다.

"하루하루 아깝던 그 청춘이 막을 내리고 청춘이 남긴 상처가 아물 때쯤 우리는 아마도 이 사회의 단단한 어른이 되어 있을 것이다.

그리고 먼 훗날 한숨 쉬며 청춘의 끝자락에 서 있던 오늘을 추억할지 모른다. 희망을 향해 뜨겁던 가슴에 감사하고 기쁨도 절망도 슬픔도 열정의 끝을 경험하게 해준 그 시간들에 감사하며"

혼돈, 갈등, 열정, 절망, 희망, 좌절 등 모든 감정이 혼재하는 시기가 청춘의 시기일 것이다. 그러나 시간이 흐르면 반드시 그 눈부셨던 청춘의 시간을 추억하고 그리워하게 될 것이다. 지금은 배가 나온 40대가 된 내가 그렇듯 이 소설을 읽는 모든 독자들에게 그런 추억의 액자를 마련해 줄 수 있다면 작가로서 더한 행복은 없을 것 같다.

2014년 봄

박성철